江戶川亂步　甲賀三郎
谷崎潤一郎　浜尾四郎

日漢對照
有聲版

日本短篇推理小說選

錢曉波 譯

中和出版
OPEN PAGE

目　次

心理試験

江戸川乱歩

一

蕗屋清一郎が、何故これから記す様な恐ろしい悪事を思立ったか、その動機については詳しいことは分らぬ。又仮令分ったとしてもこのお話には大して関係がないのだ。彼がなかば苦学見たいなことをして、ある大学に通っていた所を見ると、学資の必要に迫られたのかとも考えられる。彼は稀に見る秀才で、而も非常な勉強家だったから、学資を得る為に、つまらぬ内職に時を取られて、好きな読書や思索が十分出来ないのを残念に思っていたのは確かだ。だが、その位の理由で、人間はあんな大罪を犯すものだろうか。恐らく彼は先天的の悪人だったのかも知れない。そして、学資ばかりでなく他の様々な慾望を抑え兼ねたのかも知れない。それは兎も角、彼がそれを思いついてから、もう半年になる。その間、彼は迷いに迷い、考えに考えた揚句、結局やッつけることに決心したのだ。

ある時、彼はふとしたことから、同級生の斉藤勇と親

心理測試

江戶川亂步

一

蕗屋清一郎緣何會想到去做本故事將要講述的，如此膽大包天之事，其動機不甚了了。不過，即便知道動機，亦與本故事無太大關礙。他就讀於某所大學，時不時靠勤工儉學賺取學費。由此看來，能想像是因手頭拮据，為學費所困之故。他是個不可多得的秀才，且勤奮好學，為積攢學費，疲累於瑣碎零工，耗時頗多，少有時間埋頭於喜讀之書，亦無暇勤以思考。然而，僅僅因為這個緣由，人難道會犯下這般重罪？或許，他生來便是個惡徒也未可知。不僅僅因為學費，還兼而遏制着其他各式各樣的慾念。總而言之，心懷此番念頭，已有半年之久。在此期間，他思來想去，百般思量，最終下定決心，要將計劃付諸行動。

有次，因某件偶然之事，他與同年級的齋藤勇之間的關

しくなった。それが事の起りだった。初めは無論何の成心があった訳ではなかった。併し中途から、彼はあるおぼろげな目的を抱いて斎藤に接近して行った。そして、接近して行くに随って、そのおぼろげな目的が段々はっきりして来た。

斎藤は、一年ばかり前から、山の手のある淋しい屋敷町の素人屋に部屋を借りていた。その家の主は、官吏の未亡人で、といっても、もう六十に近い老婆だったが、亡夫の遺して行った数軒の借家から上る利益で、十分生活が出来るにも拘らず、子供を恵まれなかった彼女は、「ただもうお金がたよりだ」といって、確実な知合いに小金を貸したりして、少しずつ貯金を殖して行くのを此上もない楽しみにしていた。斎藤に部屋を貸したのも、一つは女ばかりの暮しでは不用心だからという理由もあっただろうが、一方では部屋代丈けでも、毎月の貯金額が殖えることを勘定に入れていたに相違ない。そして彼女は、今時余り聞かぬ話だけれども、守銭奴の心理は、古今東西を通じて同じものと見える、表面的な銀行預金の外に、莫大な現金を自宅のある秘密な場所へ隠しているという噂だった。

蕗屋はこの金に誘惑を感じたのだ。あのおいぼれが、そんな大金を持っているということに何の価値がある。それを俺の様な未来のある青年の学資に使用するのは、極めて合理的なことではないか。簡単に云えば、これが彼の理論

係變得親近起來。這成了事情的起因。一開始當然不存有任何企圖，然而漸漸地，他抱着某種模模糊糊的目的開始接近齋藤。同時，隨着兩人關係的不斷加深，曾經相當模糊的目的亦逐步變得清晰起來。

就在一年前，齋藤在城中高地[①]某個冷清的街鎮中，向普通人家[②]租了間房。這家主人是位寡居的官太太，説是這麼説，其實是個已年近六旬的老婦。靠出租亡夫留下的幾棟房子，過着充裕的生活。即便如此，膝下無子，孑然一身的她常言道「唯有錢才最可靠」，因此，有時也會弄點小錢放貸給可信賴的友人。眼看着存款一點一點增加上去，這漸漸成了老婦最大的生活樂趣。之所以將房間出租給齋藤，一方面老太太是想到唯有女性的生活環境頗不安全。另一方面，即便房租只有那麼一丁點兒，老太太無疑是考慮到每月又能讓存款有所增長之故。無論古今中外，財迷的心理均相差無幾。如今倒是很少聽到這種事了，除去表面上的銀行存款，據傳，老太太還有筆巨款藏匿在自家隱秘的地方。

這筆錢，對蕗屋產生了誘惑。老傢伙藏着那麼一大筆錢，

① 山の手：指城區中地勢較高之處。

② 素人屋：非專業民宿。僅將房間出租的普通人家。

だった。そこで彼は、斎藤を通じて出来る丈け老婆についての智識を得ようとした。その大金の秘密な隠し場所を探ろうとした。併し彼は、ある時斎藤が、偶然その隠し場所を発見したということを聞くまでは、別に確定的な考えを持っていた訳でもなかった。

「君、あの婆さんにしては感心な思いつきだよ、大抵、縁の下とか、天井裏とか、金の隠し場所なんて極っているものだが、婆さんのは一寸意外な所なのだよ。あの奥座敷の床の間に、大きな紅葉の植木鉢が置いてあるだろう。あの植木鉢の底なんだよ。その隠し場所がさ。どんな泥坊だって、まさか植木鉢に金が隠してあろうとは気づくまいからね。婆さんは、まあ云って見れば、守銭奴の天才なんだね」

その時、斎藤はこう云って面白そうに笑った。

それ以来、蕗屋の考えは少しずつ具体的になって行った。老婆の金を自分の学資に振替える径路の一つ一つについて、あらゆる可能性を勘定に入れた上、最も安全な方法を考え出そうとした。それは予想以上に困難な仕事だった。これに比べれば、どんな複雑な数学の問題だって、なんでもなかった。彼は先にも云った様に、その考を纏める丈けの為に半年を費したのだ。

難点は、云うまでもなく、如何にして刑罰を免れるかということにあった。倫理上の障礙、即ち良心の呵責という様なことは、彼にはさして問題ではなかった。彼はナ

又有何價值呢。若是能用在我這種前途無量的年輕人的學費上，這才既合情又合理。簡單說來，這便是他的論調。於是，他通過齋藤盡可能地探聽老婦的情形，想要打探出那筆錢的藏匿之處。有次，齋藤很偶然地發現了藏錢的地方。而在蕗屋從齋藤那裡探聽到這條消息之前，他其實還未曾有切切實實的計劃。

「哎，老太婆能想到這主意倒挺令人佩服的。一般來說，要麼外廊底下，要麼房頂夾層，藏錢之處不外乎這些，可老太婆藏的地方卻着實意外。裡間客廳的壁龕上不是擺着個挺大的紅葉盆栽嘛。藏錢之處就在那花盆的底部。無論甚麼樣的竊賊，絕對不會意識到盆栽裡竟然藏着錢。如此說來，老太婆還真是守財奴裡的天才吶。」

那時，齋藤饒有興味地笑着那麼說道。

由此，蕗屋的計劃逐步開始具體化起來。如何將老婦的錢一步步轉變為自己的學費，他設想了所有可能發生的事情，試圖尋找出最無懈可擊的方法。這可比想像中要難得多。與此相比，無論多複雜的數學題都變得輕描淡寫。因此，正如之前所述，僅僅為了制訂整個計劃，蕗屋就耗費了半年之久。

那麼究竟難於何處呢，不用說自然是如何逃避刑罰這個問題。對蕗屋來說，道德上的阻礙，即所謂良心的苛責，並不構成甚麼大問題。他認為類似於拿破崙那種大規模的屠戮

ポレオンの大掛りな殺人を罪悪とは考えないで、寧ろ讃美すると同じ様に、才能のある青年が、その才能を育てる為に、棺桶に片足をふみ込んだおいぼれを犠牲に供することを、当然だと思った。

老婆は滅多に外出しなかった。終日黙々として奥の座敷に丸くなっていた。たまに外出することがあっても、留守中は、田舎者の女中が彼女の命を受けて正直に見張番を勤めた。蕗屋のあらゆる苦心にも拘らず、老婆の用心には少しの隙もなかった。老婆と斎藤のいない時を見はからって、この女中を騙して使に出すか何かして、その隙に例の金を植木鉢から盗み出したら、蕗屋は最初そんな風に考えて見た。併しそれは甚だ無分別な考えだった。仮令少しの間でも、あの家にただ一人でいたことが分っては、もうそれ丈けで十分嫌疑をかけられるではないか。彼はこの種の様々な愚かな方法を、考えては打消し、考えては打消すのに、たっぷり一ヶ月を費した。それは例えば、斎藤か女中か又は普通の泥坊が盗んだと見せかけるトリックだとか、女中一人の時に少しも音を立てないで忍込んで、彼女の目にふれない様に盗み出す方法だとか、夜中、老婆の眠っている間に仕事をする方法だとか、其他考え得るあらゆる場合を、彼は考えた。併し、どれにもこれにも、発覚の可能性が多分に含まれていた。

どうしても老婆をやっつける外はない。彼は遂にこの恐ろしい結論に達した。老婆の金がどれ程あるかよく分ら

並不構成罪孽，甚至還值得禮讚。與此相同，一個有才幹的年輕人，為培養這種才幹，犧牲個把早已一隻腳踩到棺材裡去的老傢伙，完全是理所當然的事情。

老婦幾乎不外出。整日默然地窩在裡間。偶爾外出時，鄉下女傭受其命盡心盡力擔起看家之責。蕗屋費盡心機，一點兒都找不出老婦的任何漏洞。瞅準她和齋藤不在之機，誘騙女傭出門辦點事兒甚麼的，趁此機會將錢財從花盆中盜走。蕗屋一開始曾經如此考慮過。然而，這卻是個相當輕率的主意。即便是很短的時間，若被發覺當時只有他一人在老婦宅中的話，不就有充分的理由被懷疑嗎？類似這般蠢笨的念頭，冒出來後又被否定掉，冒出來後又被否定掉，足足耗費了一個月的時間。又比如，耍個甚麼手段，假裝成錢是被齋藤，或是女傭，又或者一般竊賊偷走的。比如當女傭一人在家時，屏聲靜氣，趁其不備，將錢財偷盜出來。又或者深更半夜，趁老太婆睡熟之際幹這勾當。其他能想到的辦法，他都想遍了。然而，無論哪種辦法均很有可能被識破。

除了把老太婆弄死之外別無他法，他最終得出了這個結論。雖不清楚其錢財到底有多少，但綜合各方面的情形來看，

ぬけれど、色々の点から考えて、殺人の危険を犯してまで執着する程大した金額だとは思われぬ。たかの知れた金の為に何の罪もない一人の人間を殺して了うというのは、余りに残酷過ぎはしないか。併し、仮令それが世間の標準から見ては大した金額でなくとも、貧乏な蕗屋には十分満足出来るのだ。のみならず、彼の考によれば、問題は金額の多少ではなくて、ただ犯罪の発覚を絶対に不可能ならしめることだった。その為には、どんな大きな犠牲を払っても、少しも差支ないのだ。

殺人は、一見、単なる窃盗よりは幾層倍も危険な仕事の様に見える。だが、それは一種の錯覚に過ぎないのだ。成程、発覚することを予想してやる仕事なれば殺人はあらゆる犯罪の中で最も危険に相違ない。併し、若し犯罪の軽重よりも、発覚の難易を目安にして考えたならば、場合によっては（例えば蕗屋の場合の如きは）寧ろ窃盗の方が危い仕事なのだ。これに反して、悪事の発見者をバラして了う方法は、残酷な代りに心配がない。昔から、偉い悪人は、平気でズバリズバリと人殺しをやっている。彼等が却々つかまらぬのは、却ってこの大胆な殺人のお蔭なのではなかろうか。

では、老婆をやっつけるとして、それには果して危険がないか。この問題にぶッつかってから、蕗屋は数ヶ月の間考え通した。その長い間に、彼がどんな風に考を育てて行ったか。それは物語が進むに随って、読者に分るこ

應該還未巨大到要冒險殺人的數額。況且，就為了這點有限的錢財，去加害一個無辜之人，是否太過殘忍了呢。以社會上的標準來看，這點數額或許不足掛齒，然而對於窮困潦倒的蕗屋來說，卻足以令其滿意了。不僅如此，他考慮問題的重點並不在於數額多少，而是如何讓犯罪不被覺察。為此，無論要付出多大犧牲，他都在所不惜。

謀殺，看起來比單純的盜竊要危險好幾倍。然而，這其實不過是種錯覺而已。當然，若是罪行終將敗露，那麼謀殺無疑是所有犯罪中最危險的。不過，若不論罪行的輕重，而以是否容易被發現為判斷標準來看的話，根據情況（比如蕗屋的情形），不如說盜竊來得更為危險。反觀而言，索性把現場的目擊證人除掉，雖殘酷但不會留下後遺症。從古至今，大奸大惡之徒們，冷靜沉着，利落乾淨地屠戮，之所以難以被懲處，難道不正是因為他們膽大包天嗎？

那麼，要除掉老太婆，到底危不危險呢？從開始有這個念頭，蕗屋耗費了數月時間來考慮這問題。如此長的時期，他到底是怎麼計劃的呢。隨着故事展開，讀者就會明白，這裡先省略不談。不管怎樣，他的計劃一般人絕對無法想像，

とだから、ここに省くが、兎も角、彼は、到底普通人の考え及ぶことも出来ない程、微に入り細を穿った分析並に綜合の結果、塵一筋の手抜かりもない、絶対に安全な方法を考え出したのだ。

今はただ、時機の来るのを待つばかりだった。が、それは案外早く来た。ある日、斎藤は学校関係のことで、女中は使に出されて、二人共夕方まで決して帰宅しないことが確められた。それは丁度蕗屋が最後の準備行為を終った日から二日目だった。その最後の準備行為というのは（これ丈けは前以て説明して置く必要がある）嘗て斎藤に例の隠し場所を聞いてから、もう半年も経過した今日、それがまだ当時のままであるかどうかを確める為の或る行為だった。彼はその日（即ち老婆殺しの二日前）斎藤を訪ねた序に、初めて老婆の部屋である奥座敷に入って、彼女と色々世間話を取交した。彼はその世間話を徐々に一つの方向へ落して行った。そして、屡々老婆の財産のこと、それを彼女がどこかへ隠しているという噂のあることなぞ口にした。彼は「隠す」という言葉の出る毎に、それとなく老婆の眼を注意した。すると、彼女の眼は、彼の予期した通り、その都度、床の間の植木鉢（もうその時は紅葉ではなく、松に植えかえてあったけれど）にそっと注がれるのだ。蕗屋はそれを数回繰返して、最早や少しも疑う余地のないことを確めることが出来た。

通過細緻入微地分析，再綜合出結論，他整理出了百密而無一疏，絕對穩妥周全的計劃。

現在，只需等待時機的來臨。這不，機會比預想的來得要早。某日，齋藤因學校有事，女傭則被差遣外出，蕗屋獲悉兩人不到傍晚肯定不會回到宅中。這正巧是蕗屋做好最後準備的兩天之後。所謂最後準備是這麼回事情（需要在此做下說明）。從齋藤那兒探聽到錢財的藏匿之所，業已過去了半年。為了確證藏匿之所未出現變化，蕗屋做了這麼件事兒。那天（即謀殺老婦的兩天前）他去探訪齋藤之際，第一次進到老婦住的裡間，與她東拉西扯地閒聊了一陣。蕗屋刻意將閒聊的話題引向一個方向。同時，屢次提及老婦的財產，告訴她聽人說起過藏匿財產的事情。每次說到「藏匿」這個詞的時候，蕗屋暗中觀察着老婦的眼神。與其預想的相同，老婦的目光果然每次都悄然落到客廳的花盆上（那時栽種的已非紅葉，改換成了松樹）。蕗屋反覆試探了多次後，確定已無須再做任何懷疑了。

二

さて、愈々当日である。彼は大学の正服正帽の上に学生マントを着用し、ありふれた手袋をはめて目的の場所に向った。彼は考えに考えた上、結局変装しないことに極めたのだ。若し変装をするとすれば、材料の買入れ、着換えの場所、其他様々の点で、犯罪発覚の手掛りを残すことになる。それはただ物事を複雑にするばかりで、少しも効果がないのだ。犯罪の方法は、発覚の虞のない範囲に於ては、出来る限り単純に且つあからさまにすべきだと云うのが、彼の一種の哲学だった。要は、目的の家に入る所を見られさえしなければいいのだ。仮令その家の前を通ったことが分っても、それは少しも差支ない。彼はよく其辺を散歩することがあるのだから、当日も散歩をしたばかりだと云い抜けることが出来る。と同時に一方に於いて、彼が目的の家に行く途中で、知合いの人に見られた場合（これはどうしても勘定に入れて置かねばならぬ）妙な変装をしている方がいいか、ふだんの通り正服正帽でいる方がいいか、考えて見るまでもないことだ。犯罪の時間についても待ちさえすれば都合よい夜が——斎藤も女中も不在の夜があることは分っているのに、何故彼は危険な昼間を選んだか。これも服装の場合と同じく、犯罪から不必要な秘密性を除く為だった。

併し目的の家の前に立った時だけは、流石の彼も、普通

二

終於，到了當天。蕗屋穿戴好大學正式的制服制帽，又在外面罩了件學生披風，戴好常見的手套，朝着目的地走去。他權衡多次，決定還是不裝扮成其他模樣。若是要裝扮，需購買材料，還得考慮換裝的地方，加上其他各種各樣的因素，會留下蛛絲馬跡致使罪行敗露。這只會讓事情變得複雜化，卻無任何效果。從犯罪手法來說，在不必擔心被識破的前提之下，手法應盡量簡潔明快且直截了當。這是蕗屋的一種哲學。關鍵是，只要在進入宅子時不被撞見就萬事大吉了。即便曾經在那幢宅子前經過，也完全不必在意。他經常會在那附近散步，當天也只需說剛剛散完步，即可逃脫嫌疑。同時，也會出現另一種可能。即在去宅子的途中，可能被熟人撞見(這種情況必須考慮到)。是裝扮成奇奇怪怪的形象好，還是跟平日一樣，穿戴正式的制服制帽更好，很顯然這問題不言自明。就犯罪時間來說，只需耐心等待，應該可以選擇條件更好的晚間，而蕗屋明明知道齋藤和女傭當晚均不在宅中，為何他還會選擇風險較大的白晝下手呢？這也與到底穿戴何種服裝的情由相同，是為了消除犯罪中所不必要的秘密性。

然而當蕗屋一旦站立在那所宅子前面的時候，即便是謀

の泥棒の通りに、いや恐らく彼等以上に、ビクビクして前後左右を見廻した。老婆の家は、両隣とは生垣で境した一軒建ちで、向側には、ある富豪の邸宅の高いコンクリート塀が、ずっと一町も続いていた。淋しい屋敷町だから、昼間でも時々はまるで人通りのないことがある。蕗屋がそこへ辿りついた時も、いい鹽梅に、通りには犬の子一匹見当らなかった。彼は、普通に開けば馬鹿にひどい金属性の音のする格子戸を、ソロリソロリと少しも音を立てない様に開閉した。そして、玄関の土間から、極く低い声で（これらは隣家への用心だ）案内を乞うた。老婆が出て来ると、彼は、斎藤のことについて少し内密に話し度いことがあるという口実で、奥の間に通った。

座が定まると間もなく、「あいにく女中が居りませんので」と断りながら、老婆はお茶を汲みに立った。蕗屋はそれを、今か今かと待構えていたのだ。彼は、老婆が襖を開ける為に少し身を屈めた時、やにわに後から抱きついて、両腕を使って（手袋ははめていたけれども、なるべく指の痕はつけまいとしてだ）力まかせに首を絞めた。老婆は咽の所でグッという様な音を出したばかりで、大して藻掻きもしなかった。ただ、苦しまぎれに空を掴んだ指先が、そこに立ててあった屏風に触れて、少しばかり傷を拵えた。それは二枚折の時代のついた金屏風で、極彩色の六歌仙が描かれていたが、その丁度小野の小町の顔の所が、無惨にも一寸許り破れたのだ。

無遺策的他，卻也跟個小毛賊般，不，甚至於比小毛賊更慌張，戰戰兢兢，前後左右四面張望了一番。老婦的宅子獨棟而建，矮灌木修成樹籬與兩邊的鄰居分開。對面是某個富豪的宅邸，高高的水泥牆持續了百餘米[①]。僻靜的住宅區中，即使是白晝，有時也似杳無人跡。蕗屋輾轉到那裡時，機緣巧合，路上連小狗都不見一條。若是就像平常這麼打開，格子門定會發出尖利刺耳的金屬聲。蕗屋輕手輕腳，悄無聲息地將格子門打開又關上。然後在宅門入口壓低了嗓音（為了不讓聲音傳到鄰居那裡），招呼老婦。待其出來後，他編了個藉口，說要告知一些關於齋藤的隱秘之事，於是，蕗屋被領進了裡間。

剛坐定沒多久，老婦邊解釋「女傭不巧正好不在」，邊站起身去倒茶。蕗屋心急火燎，等的就是這當口。趁其拉開隔間紙門，微微屈身彎腰之際，陡然從背後抱住老婦，兩手使出渾身氣力掐住她的脖頸（為不留下指紋，還戴着手套）。只聽老婦咽喉處發出咕的聲響，並未如何掙扎。不過，因痛苦而虛抓的手指劃到了近旁立着的屏風，留下了少許刮痕。這是一扇對摺的，有點年頭的金色屏風，描畫着色彩斑斕的六歌仙[②]。就在小野小町的臉部，慘然留下了一道刮痕。

---

① 一町：日本傳統長度單位，相當於 109 米。

② 日本古代詩集《古今和歌集》的序言中記載的六位詩人。即僧正遍昭、在原業平、文屋康秀、喜撰法師、小野小町、大伴黑主這六人。

老婆の息が絶えたのを見定めると、彼は死骸をそこへ横にして、一寸気になる様子で、その屏風の破れを眺めた。併しよく考えて見れば、少しも心配することはない。こんなものが何の証拠になる筈もないのだ。そこで、彼は目的の床の間へ行って、例の松の木の根元を持って、土もろともスッポリと植木鉢から引抜いた。予期した通り、その底には油紙で包んだものが入れてあった。彼は落ちつきはらって、その包みを解いて、右のポケットから一つの新しい大型の財布を取出し、紙幣を半分ばかり（十分五千円はあった）その中に入れると、財布を元のポケットに納め、残った紙幣は油紙に包んで前の通りに植木鉢の底へ隠した。無論、これは金を盗んだという証跡を晦ます為だ。老婆の貯金の高は、老婆自身が知っていたばかりだから、それが半分になったとて、誰も疑う筈はないのだ。

それから、彼はそこにあった座蒲団を丸めて老婆の胸にあてがい（これは血潮の飛ばぬ用心だ）左のポケットから一挺のジャックナイフを取出して歯を開くと、心臓をめがけてグサッと突差し、グイと一つ抉って置いて引抜いた。そして、同じ座蒲団の布でナイフの血のりを綺麗に拭き取り、元のポケットへ納めた。彼は、絞め殺しただけでは、蘇生の虞れがあると思ったのだ。つまり昔のとどめを刺すという奴だ。では、何故最初から刃物を使用しなかったかというと、そうしてはひょっとして自分の着物に血潮がかかるかも知れないことを虞れたのだ。

認定老婦完全斷氣後，蕗屋將屍體放平，盯着屏風的刮痕，若有所思地瞧了一會兒。不過，仔細想想，完全無須擔憂。這點破損根本不可能被當作甚麼證據。於是，他走到客廳，連根帶土將花盆裡的松樹整個兒拽了起來。果然不出所料，花盆底部有個用油紙包裹好的物件。蕗屋沉住氣，打開了包裹，從右側口袋掏出一個簇新的大皮夾子，將包裹裡約一半的紙幣（足足有五千日元）放入其中後，又把皮夾塞回口袋裡。接着，再把剩餘的紙幣用油紙跟之前一樣包好後隱藏於花盆底部。不用說，這是為了隱瞞將錢財盜走的事實。老婦藏錢的金額除其自身之外，無人知曉。又有誰會意識到如今只剩下一半了呢。

完成上述這些事情之後，蕗屋將近旁的坐墊團起，抵在老太婆的胸口（為了防止血沫四散飛濺），從左側口袋中摸出一把摺刀，拉開刀刃，對着心臟深深一刀扎下去，再用力一剜後將刀拔了出來。接着，用同一塊坐墊把摺刀上的血跡擦拭乾淨後放回原來的口袋裡。蕗屋擔心僅靠掐脖子沒準兒會留下復蘇的遺患，這也就是老早說的，所謂抽薪止沸，斬草除根吧。那，為何不一開始便選擇用刀呢。那是因為蕗屋擔心血沫有可能會濺到自己的衣服上。

ここで一寸、彼が紙幣を入れた財布と今のジャックナイフについて説明して置かねばならぬ。彼は、それらを、この目的丈けに使う為に、ある縁日の露店で買求めたのだ。彼はその縁日の最も賑う時分を見計らって、最も客の込んでいる店を選び、正札通りの小銭を投出して、品物を取ると、商人は勿論、沢山の客達も、彼の顔を記憶する暇がなかった程、非常に素早く姿を晦ました。そして、この品物は両方とも、極くありふれた何の目印もあり得ない様なものだった。

さて、蕗屋は、十分注意して少しも手掛りが残っていないのを確めた後、襖のしまりも忘れないでゆっくりと玄関へ出て来た。彼はそこで靴の紐を締めながら、足跡のことを考えて見た。だが、その点は更らに心配がなかった。玄関の土間は堅い漆喰だし、表の通りは天気続きでカラカラに乾いていた。あとには、もう格子戸を開けて表へ出ることが残っているばかりだ。だが、ここでしくじる様なことがあっては、凡ての苦心が水の泡だ。彼はじっと耳を澄して、辛抱強く表通りの跫音を聞こうとした。……しんとして何の気はいもない。どこかの内で琴を弾じる音がコロリンシャンと至極のどかに聞えているばかりだ。彼は思い切って、静かに格子戸を開けた。そして、何気なく、今暇をつげたお客様だという様な顔をして、往来へ出た。案の定そこには人影もなかった。

その一劃はどの通りも淋しい屋敷町だった。老婆の家か

這裡必須對他放入紙幣的皮夾和摺刀稍作解釋。兩樣東西正是為了這次的謀殺，在某次廟會的攤子上買的。蕗屋瞅準那次廟會最熱鬧的當口，挑了家生意最興隆、顧客最擁擠的攤子，按所示的價格丟下幾個錢，抓了東西扭頭就走。攤主自不用說，還有那麼多顧客，根本沒有時間去記住他的長相。而且，這兩樣東西均極為平常，不帶有任何顯著的標識。

蕗屋再仔細地檢查了一遍，確保未留下任何線索後，慢慢走出了房門。臨走沒忘記將紙拉門關好。他在門口一面繫鞋帶，一面琢磨着腳印的問題。不過，這點更無須擔憂。進門脱鞋的地方是用堅硬的灰泥鋪製的，且一連多日天氣晴好，宅子前面的道路也很乾燥。現在，只剩下拉開格子門走出宅子這一件事了。然而，要是這環節出了甚麼岔子，則所有苦心均前功盡棄。他一動不動，豎起耳朵仔細聽辨宅子前面道路上的蹬蹬足音……街上寂靜非常，並無任何動靜。只聽得不知何處宅院傳來錚錚琴音，悠揚至極。蕗屋橫下心來，悄然無聲地將格子門拉開。若無其事地，以剛告辭的客人般的神態，走到街上。果然，街面空空蕩蕩，人影皆無。

這附近無論哪條街都是僻靜的街鎮。距離老婦家四五百

ら四五町隔った所に、何かの社の古い石垣が、往来に面してずっと続いていた。蕗屋は、誰も見ていないのを確めた上、そこの石垣の隙間から兇器のジャックナイフと血のついた手袋とを落し込んだ。そして、いつも散歩の時には立寄ることにしていた、附近の小さい公園を目ざしてブラブラと歩いて行った。彼は公園のベンチに腰をかけ、子供達がブランコに乗って遊んでいるのを、如何にも長閑な顔をして眺めながら、長い時間を過した。

帰りがけに、彼は警察署へ立寄った。そして、

「今し方、この財布を拾ったのです。大分沢山入っている様ですから、お届けします」

と云い乍ら、例の財布をさし出した。彼は巡査の質問に答えて、拾った場所と時間と（勿論それは可能性のある出鱈目なのだ）自分の住所姓名と（これはほんとうの）を答えた。そして、印刷した紙に彼の姓名や金額などを書き入れた受取証見たいなものを貰った。なる程、これは非常に迂遠な方法には相違ない。併し安全という点では最上だ。老婆の金は（半分になったことは誰も知らない）ちゃんと元の場所にあるのだから、この財布の遺失主は絶対に出る筈がない。一年の後には間違なく蕗屋の手に落ちるのだ。そして、誰憚らず大びらに使えるのだ。彼は考え抜いた揚句この手段を採った。若しこれをどこかへ隠して置くとするか、どうした偶然から他人に横取りされまいものでもない。自分で持っているか、それはもう考えるまでもなく危

米的地方，有座不知名的神社。陳舊的石牆朝着街面向前延伸。蕗屋確信沒有任何目擊者後，將兇器摺刀和沾血的手套丟進了石牆的縫隙中。接着，朝着平日裡散步時經常路過的、附近的小公園緩步走去。他在公園的長凳上落座後，瞅着孩童在鞦韆上嬉戲玩耍。蕗屋讓自己的神態顯得安詳閒適，在那裡消磨了相當長的一段時間。

回去的路上，他順道去了趟警署。

「方才撿到個皮夾。看上去裡面錢不少，所以呢，還是應該交由警察來處理。」

蕗屋邊説邊把之前的皮夾遞了過去。對巡警的詢問一一作答，撿到皮夾的地點和時間（當然都是些編出來的、但有可能發生的瞎話）以及自己的姓名住址（這些則是真的）。接着，蕗屋領取了填有他姓名、金額等，打印好的、類似於收條的回執。這無疑是蕗屋的迂迴策略，不過，的確也找不出比這更安全的方法了。老婦的錢財（無人知曉已然只剩一半了）還在原來的地方，再者皮夾的失主是絕然不會出現的。一年之後，這皮夾毫無疑問將成為蕗屋的囊中之物。接下來，就再也不用提心吊膽，可以光明正大地花這筆錢了。蕗屋思來想去，結果選擇了這樣的方式。如果將這筆錢藏匿在某處，很有可能會出現某種偶然，而被別人奪去。如果自己持有，想都不用想肯定是相當危險的。不光如此，萬一老婦記錄下了紙幣的號碼呢，若用此法則根本無須擔驚受怕了（不過有

険なことだ。のみならず、この方法によれば、万一老婆が紙幣の番号を控えていたとしても少しも心配がないのだ。（尤もこの点は出来る丈け探って、大体安心はしていたけれど）

「まさか、自分の盗んだ品物を警察へ届ける奴があろうとは、ほんとうにお釈迦様でも御存じあるまいよ」

彼は笑いをかみ殺しながら、心の中で呟いた。

翌日、蕗屋は、下宿の一室で、常と変らぬ安眠から目覚めると、欠伸をしながら、枕許に配達されていた新聞を拡げて、社会面を見渡した。彼はそこに意外な事実を発見して一寸驚いた。だが、それは、決して心配する様な事柄ではなく、却って彼の為には予期しない仕合せだった。というのは、友人の斎藤が嫌疑者として挙げられたのだ。嫌疑を受けた理由は、彼が身分不相応の大金を所持していたからだと記してある。

「俺は斎藤の最も親しい友達なのだから、ここで警察へ出頭して、色々問い訊すのが自然だな」

蕗屋は早速着物を着換えると、遽てて警察署へ出掛けた。それは彼が昨日財布を届けたのと同じ役所だ。何故財布を届けるのを管轄の違う警察にしなかったか。いや、それとても亦、彼一流の無技巧主義で態としたことなのだ。彼は、過不足のない程度に心配相な顔をして、斎藤に逢わせて呉れと頼んだ。併し、それは予期した通り許されなかった。そこで、彼は、斎藤が嫌疑を受けた訳を色々と問い訊

關是否記錄下紙幣號碼這點，蕗屋盡可能地打探過一番，基本還是無須擔憂的）。

「竟然有人會把自己偷來的東西交給警察，這恐怕連如來佛祖都想不到。」

蕗屋強忍住竊喜，在心中自言自語道。

第二天，蕗屋在租住的房間裡，與平時一樣從熟睡中醒來，打着哈欠，攤開枕邊送來的報紙，瀏覽着社會新聞，卻被一條意外的消息震了一下。不過，這倒並非是讓他擔憂的消息，反而帶給他意想不到的驚喜。報道稱，好友齋藤被當作嫌疑犯抓了起來。其理由是，他持有與其身份不符的大筆財產。

「作為齋藤最為親密的好友，去警署跑一趟，探聽下各種情況會顯得比較自然。」

蕗屋趕緊換上和服，匆匆忙忙跑去了警署。與昨天上交皮夾的地方是同一處。那為何不選擇轄區內其他警署去上交皮夾呢？這其實又是蕗屋秉承其獨到的非技巧主義而有意為之的。他恰如其分地裝出一副看起來頗為擔憂的神色，請求與齋藤會面。然而，如同預想的一般，要求未被准許。於是，他跟警察打探起齋藤被當作嫌犯的原因來，並大致了解了事情的原委。

して、ある程度まで事情を明かにすることが出来た。

蕗屋は次の様に想像した。

昨日、斎藤は女中よりも先に家に帰った。それは蕗屋が目的を果して立去ると間もなくだった。そして、当然老婆の死骸を発見した。併し、直ちに警察に届ける前に、彼はあることを思いついたに相違ない。というのは、例の植木鉢だ。若しこれが盗賊の仕業なれば、或はあの中の金がなくなってはいはしないか。多分それは一寸した好奇心からだったろう。彼はそこを検べて見た。ところが、案外にも金の包がちゃんとあったのだ。それを見て斎藤が悪心を起したのは、実に浅はかな考えではあるが無理もないことだ。その隠し場所は誰も知らないこと、老婆を殺した犯人が盗んだという解釈が下されるに違いないこと。こうした事情は、誰にしても避け難い強い誘惑に相違ない。それから彼はどうしたか、警官の話では、何食わぬ顔をして人殺しのあったことを警察へ届け出たということだ。ところが、何という無分別な男だ。彼は盗んだ金を腹巻の間へ入れたまま、平気でいたのだ。まさか其場で身体検査をされようとは想像しなかったと見えて。

「だが待てよ。斎藤は一体どういう風に弁解するだろう。次第によっては危険なことになりはしないかな」蕗屋はそれを色々と考えて見た。彼は金を見つけられた時、「自分のだ」と答えたかも知れない。なる程老婆の財産の多寡や隠し場所は誰も知らないのだから、一応はその弁明も成立つで

蕗屋設想了以下的狀況。

昨天，齋藤比女傭先回到了宅子，那也正是蕗屋達到了目的，離開宅子不久之後。不用說，他發現了老婦的屍體。然而，在立即報警之前，他閃過了一絲念頭，便是那花盆。若是竊賊的勾當，隱藏在花盆裡那筆錢財會不會不翼而飛了呢。或許是出於那麼一丁點兒的好奇心吧。他搜尋了花盆。然而很意外的，裹着錢財的小包竟然還在那裡。於是乎，齋藤起了壞心。這樣考慮問題可能過於淺薄，但並非完全沒有可能。錢財的藏匿之所既然無人知曉，大家自然會給出這樣的解釋，盜走錢財者必是謀殺老婦之人。這種情況對任何人來說都是一種很難抗拒的、強烈的誘惑。那之後他怎麼樣了呢，據警察說，齋藤裝得很無辜似的跑來警署報案，說有人被殺了。不過，這傢伙也太輕率了。他把偷拿的錢就這麼往綁腰帶裡一放，如無事人一般。看來齋藤根本未料到會被當場搜身。

「不過，等等。齋藤到底會如何申辯呢。逐步發展下去，不會讓事情變得兇險起來吧。」蕗屋設想着可能發生的各種狀況。齋藤被發現藏有現金時，或許會申辯「是我自己的」。不錯，老婦到底有多少錢，究竟藏在何處，確實無人知情，這麼說來，這申辯姑且可以成立。不過，鈔票的數額也太大

あろう。併し、金額が余り多すぎるではないか。で、結局彼は事実を申し立てることになるだろう。でも、裁判所がそれを承認するかな。外に嫌疑者が出れば兎も角、それまでは彼を無罪にすることは先ずあるまい。うまく行けば、彼が殺人罪に問われるかも知れたものではない。そうなればしめたものだが、……ところで、裁判官が彼を問詰めて行く内に、色々な事実が分って来るだろうな。例えば、彼が金の隠し場所を発見した時に俺に話したことだとか、兇行の二日前に俺が老婆の部屋に入って話込んだことだとか、さては、俺が貧乏で学資にも困っていることだとか。

　併し、これらは皆、蕗屋がこの計画を立てる前に予め勘定に入れて置いたことばかりだった。そして、どんなに考えても、斎藤の口からそれ以上彼にとって不利な事実が引出されようとは考えられなかった。

　蕗屋は警察から帰ると、遅れた朝食を認めて（その時食事を運んで来た女中に事件について話して聞かせたりした）いつもの通り学校へ出た。学校では斎藤の噂で持切りだった。彼はなかば得意気にその噂話の中心になって喋った。

三

　さて読者諸君、探偵小説というものの性質に通暁せらるる諸君は、お話は決してこれ切りで終らぬことを百も

了。最終，齋藤會供出真相的吧。然而，法院會相信他的供詞嗎？在其他嫌疑犯浮出水面之前，估計法院是不會認定他無罪的。事情順利的話，很有可能他會被判謀殺。那樣的話可就額手稱慶了。……話說回來，法官在審問他的過程中，估計是會判明各種真相的。比方說，得知錢財的藏匿之所後，他曾跟我聊起過這事兒；或者是，兇殺案的兩天前我曾在老婦的房間裡聊了多時；又或者，我經濟拮据，繳不出學費等。

然而，這些均是蕗屋在制訂計劃之前，就早已考慮周全的。蕗屋思來想去，反覆推敲，最終也未想出來從齋藤口中還會吐出些甚麼事兒，能使其陷入不利之境地。

從警署回來後，蕗屋吃了頓略遲的早點（和當時送早點來的女傭聊了聊兇案），接着，跟平日一樣去了學校。學校裡圍繞齋藤的小道消息滿天飛。他頗為得意地作為話題的中心在那裡高談闊論了一番。

三

那麼，諸位讀者，對偵探小說的特點不用說是了如指掌的了。諸位自然知道，故事一定不會就此戛然而止。完全正

御承知であろう。如何にもその通りである。実を云えばここまでは、この物語の前提に過ぎないので、作者が是非、諸君に読んで貰い度いと思うのは、これから後なのである。つまり、かくも企らんだ蕗屋の犯罪が如何にして発覚したかというそのいきさつについてである。

この事件を担当した予審判事は、有名な笠森氏であった。彼は普通の意味で名判事だったばかりでなく、ある多少風変りな趣味を持っているので一層有名だった。それは、彼が一種の素人心理学者だったことで、彼は普通のやり方ではどうにも判断の下し様がない事件に対しては、最後に、その豊富な心理学上の智識を利用して、屡々奏効した。彼は経歴こそ浅く、年こそ若かったけれど、地方裁判所の一予審判事としては、勿体ない程の俊才だった。今度の老婆殺し事件も、笠森判事の手にかかれば、もう訳なく解決することと、誰しも考えていた。当の笠森氏自身も同じ様に考えた。いつもの様に、この事件も、予審廷ですっかり調べ上げて、公判の場合にはいささかの面倒も残っていぬ様に処理してやろうと思っていた。

ところが、取調を進めるに随って、事件の困難なことが段々分って来た。警察署等は単純に斎藤勇の有罪を主張した。笠森判事とても、その主張に一理あることを認めないではなかった。というのは生前老婆の家に出入りした形跡のある者は、彼女の債務者であろうが、借家人であろうが、単なる知合であろうが、残らず召喚して綿密に取

確。實言相告，到這兒不過是本故事的開頭而已。作為作者，希望諸位閱讀的是從這兒往後的部分。機關算盡的蕗屋，其犯罪的事實究竟是如何被揭露的，後半部分將要講述整個過程。

本案的預審法官，乃著名的笠森先生。所謂著名，不僅僅是一般意義上的，更是因其擁有稍稍與眾不同的愛好而聞名遐邇。他是位業餘心理學家。用一般方法無法偵破的案子，最後，均由他利用淵博的心理學知識一一攻破，頻頻奏效。雖然經歷不算豐富，年紀亦還年輕，其才之後，作為地方法院的一介預審法官，不免可惜。所有人都認為，這樁老婦謀殺案，只要笠森法官出馬，不用費任何周折，即刻可以破案。笠森本人也這麼覺得。他計劃跟平常一樣，讓這件案子經預審庭仔細調查後，進行公訴審理時，不遺留任何障礙。

然而，隨着調查的展開，笠森卻漸漸感受到了該案的難度。警署等一味主張齋藤勇是有罪的。對於這種觀點，笠森法官認為並非一點道理都沒有。從老婦生前出入過其宅院的人員來看，無論是與其有債務關係者，還是租住者，或是友人，均已一人不漏地傳喚並進行了細緻地調查取證，然而並未發現任何形跡可疑者。蕗屋清一郎當然也是其中之一。既

調べたにも拘らず、一人として疑わしい者はないのだ。蕗屋清一郎も勿論その内の一人だった。外に嫌疑者が現れぬ以上、さしずめ最も疑うべき斎藤勇を犯人と判断する外はない。のみならず、斎藤にとって最も不利だったのは、彼が生来気の弱い質で、一も二もなく法廷の空気に恐れをなして了って、訊問に対してもハキハキ答弁の出来なかったことだ。のぼせ上った彼は、屡々以前の陳述を取消したり、当然知っている筈の事を忘れて了ったり、云わずともの不利な申立をしたり、あせればあせる程、益々嫌疑を深くする計りだった。それというのも、彼には老婆の金を盗んだという弱味があったからで、それさえなければ、相当頭のいい斎藤のことだから如何に気が弱いといって、あの様なへまな真似はしなかっただろうに、彼の立場は実際同情すべきものだった。併し、それでは斎藤を殺人犯と認めるかというと、笠森氏にはどうもその自信がなかった。そこにはただ疑いがあるばかりなのだ。本人は勿論自白せず、外にこれという確証もなかった。

　こうして、事件から一ヶ月が経過した。予審はまだ終結しない。判事は少しあせり出していた。丁度その時、老婆殺しの管轄の警察署長から、彼の所へ一つの耳よりな報告が齎らされた。それは事件の当日五千二百何十円在中の一個の財布が、老婆の家から程遠からぬ——町に於いて拾得されたが、その届主が、嫌疑者の斎藤の親友である蕗屋清一郎という学生だったことを、係りの者の疎漏から

然未發現其他嫌疑人，那麼最容易被懷疑為犯人的則非齋藤勇莫屬。不僅如此，對齋藤來說最為不利的，是其與生俱來的孱弱性格，沒幾下就被法庭的氣氛所壓倒，對於質詢也無法做出直截了當、相當明確的回答。他表現得緊張而又慌亂，幾次三番要麼把之前的陳述都推翻掉，要麼遺忘了明明知曉的事實，要麼就是申辯些一看就知道對其不利的主張，越焦躁就越讓其陷入更大的嫌疑。之所以如此，恐怕是因其有弱點，他確實盜竊了老婦的錢財。如無此事實，齋藤這種聰明人，無論他性格如何軟弱，都不會出現上述愚蠢的行為。從這點上來看，他倒是值得同情的。然而，僅這些事實，是否就能認定齋藤是殺人犯，笠森法官並無自信。其中有相當值得懷疑的部分。齋藤本人自然不會主動供認，然而也並無其他確鑿的證據。

如此這般，案子發生後一個月過去了，預審仍未結束。法官感到有些焦慮。就在此時，管轄老婦謀殺案發生地區的警署署長從別處聽聞一則彙報。兇案發生當日，有人在離老婦宅子不遠的街區，撿到一個裝有五千二百數十日元的皮夾。而將失物交到警署的，是嫌疑人齋藤的好友，一個叫蕗屋清一郎的學生。負責此事的工作人員疏忽大意了，直到現在才發覺。而這筆巨款的失主過了一個月都未曾出現，不知

今日まで気付かずにいた。が、その大金の遺失者が一ヶ月たっても現れぬ所を見ると、そこに何か意味がありはしないか。念の為に御報告するということだった。

困り抜いていた笠森判事は、この報告を受取って、一道の光明を認めた様に思った。早速蕗屋清一郎召喚の手続が取り運ばれた。ところが、蕗屋を訊問した結果は、判事の意気込みにも拘らず、大して得る所もない様に見えた。何故、事件の当時取調べた際、その大金拾得の事実を申立てなかったかという訊問に対して、彼は、それが殺人事件に関係があるとは思わなかったからだと答えた。この答弁には十分理由があった。老婆の財産は斎藤の腹巻の中から発見されたのだから、それ以外の金が、殊に往来に遺失されていた金が、老婆の財産の一部だと誰が想像しよう。

併し、これが偶然であろうか。事件の当日、現場から余り遠くない所で、しかも第一の嫌疑者の親友である男が（斎藤の申立によれば彼は植木鉢の隠し場所をも知っていたのだ）この大金を拾得したというのが、これが果して偶然であろうか。判事はそこに何かの意味を発見しようとして悶えた。判事の最も残念に思ったのは、老婆が紙幣の番号を控えて置かなかったことだ。それさえあれば、この疑わしい金が、事件に関係があるかないかも、直ちに判明するのだが。

「どんな小さなことでも、何か一つ確かな手掛りを掴みさえすればなあ」判事は全才能を傾けて考えた。現場の取

是否和本案有某種關聯。為慎重起見，特將此事彙報了上來。

笠森法官一籌莫展之際，接到這份報告，就如同豁然尋見了一絲光明。他即刻辦理了傳喚蕗屋清一郎的手續。然而，查問蕗屋的結果卻讓滿懷信心的法官大失所望，並未獲得很大的突破。案件展開調查之時，為何沒有陳述撿到巨款的事實？對此質詢，蕗屋的回答是未想到會與謀殺案有何種關聯。這樣的答覆確有其充分的理由。老婦的錢是在齋藤的綁腰帶中被發現的，除此之外的錢財，尤其是遺失在路上的，又有誰會想到竟是老婦財產中的一部分呢。

然而，這會是巧合嗎？事發當天，離兇案現場不遠之處，第一嫌疑人的好友（根據齋藤的供述，蕗屋清楚花盆乃藏錢之處）撿到了巨款，這難道真會是巧合嗎？法官冥思苦想，試圖理出其中的頭緒。令其最感遺憾的是，老婦未將紙幣的號碼留存下來。若能有這些號碼，這筆令人懷疑的錢財與案件有否關聯，即刻便可獲知。

「事無巨細，再不起眼的事情，只要能抓住一條確鑿的線索就會有所突破。」法官可算是傾其才智，絞盡了腦汁。現

調べも幾度となく繰返された。老婆の親族関係も十分調査した。併し何の得る所もない。そうして又半月ばかり徒らに経過した。

たった一つの可能性は、と判事が考えた。蕗屋が老婆の貯金を半分盗んで、残りを元通りに隠して置き、盗んだ金を財布に入れて、往来で拾った様に見せかけたと推定することだ。だが、そんな馬鹿なことがあり得るだろうか。その財布も無論検べて見たけれど、これという手掛りもない。それに、蕗屋は平気で、当日散歩のみちすがら、老婆の家の前を通ったと申立てているではないか。犯人にこんな大胆なことが云えるものだろうか。第一、最も大切な兇器の行方が分らぬ。蕗屋の下宿の家宅捜索の結果は、何物をも齎らさなかったのだ。併し、兇器のことをいえば、斎藤とても同じではないか。では一体誰を疑ったらいいのだ。

そこには確証というものが一つもなかった。署長等の云う様に、斎藤を疑えば斎藤らしくもある。だが又、蕗屋とても疑って疑えぬことはない。ただ、分っているのは、この一ヶ月半のあらゆる捜索の結果、彼等二人を除いては、一人の嫌疑者も存在しないということだった。万策尽きた笠森判事は愈々奥の手を出す時だと思った。彼は二人の嫌疑者に対して、彼の従来屢々成功した心理試験を施そうと決心した。

場的取證調查已翻來覆去地進行了數次。老婦的親屬關係也已極為細緻地排查過。然而仍舊一無所獲。如此這般又白白地過去了半個月。

至此，法官認為只剩下一種可能性了。或可做如此假設，蕗屋盜竊了老婦一半的財產，剩下的依舊隱匿起來，之後再將盜竊來的錢財放入皮夾，假裝在路上撿到。不過，真會有如此匪夷所思之事嗎？對皮夾當然也進行了檢查，卻無甚線索。況且，蕗屋不是堂而皇之地陳述了當天散步途中，從老婦宅前經過的事實嗎？此案若是他所犯，他會膽大包天到如此地步，承認這些事情？首先，最重要的兇器還未查獲。對蕗屋租住的房間進行了搜查，並未查到任何物件。不過，講到兇器，齋藤的情況不是一樣嘛。那麼，究竟應該懷疑誰呢。

本案中沒有一樣證據是確鑿無疑的。正如警署署長所說，若說齋藤值得懷疑，確實如此。然而，若要懷疑蕗屋，也的確有值得懷疑之處。不過，通過這一個半月的調查排摸，唯有一點是確信的，即除了這兩人之外，不存在其他嫌疑人。笠森法官殫精竭慮，盤算着差不多要使出看家本領的時候到了。他決定，對兩個嫌疑人實施以往屢獲成功的心理測試。

四

蕗屋清一郎は、事件の二三日後に第一回目の召喚を受けた際、係りの予審判事が有名な素人心理学者の笠森氏だということを知った。そして、当時已にこの最後の場合を予想して少なからず狼狽した。流石の彼も、日本に仮令一個人の道楽気からとは云え、心理試験などというものが行われていようとは想像していなかった。彼は、種々の書物によって、心理試験の何物であるかを、知り過ぎる程知っていたのだ。

この大打撃に、最早や平気を装って通学を続ける余裕を失った彼は、病気と称して下宿の一室にとじ籠った。そして、ただ、如何にしてこの難関を切抜けるべきかを考えた。丁度、殺人を実行する以前にやったと同じ、或はそれ以上の、綿密と熱心を以て考え続けた。

笠森判事は果してどの様な心理試験を行うであろうか。それは到底予知することが出来ない。で、蕗屋は知っている限りの方法を思い出して、その一つ一つについて、何とか対策がないものかと考えて見た。併し、元来心理試験というものが、虚偽の申立をあばく為に出来ているのだから、それを更らに偽るということは、理論上不可能らしくもあった。

蕗屋の考えによれば、心理試験はその性質によって二つに大別することが出来た。一つは純然たる生理上の反応

四

蕗屋清一郎在案件發生後的兩三天裡接受第一次傳喚時，得知負責此案的預審法官是著名的業餘心理學家笠森，當時他就已預判到最終很有可能會出現這種情況，心中不禁七上八下，坐立不安。雖説這僅僅是出於笠森一己之嗜好，然而，就算是蕗屋，也未曾料到日本這地方竟然真的會實施心理測試。因為，通過查閱各類書籍，對於心理測試究竟為何物，蕗屋實在是太清楚不過了。

面對如此巨大的心理打擊，蕗屋已然無法佯裝鎮靜，失去了遊刃有餘、繼續上學的心情，託病將自己關在租屋裡。成天思量着如何能順利地突破這道難關。正如其實施謀殺之前，抑或比之前更為精細周密地、全心投入謀劃着種種對策。

笠森法官究竟會實施甚麼樣的心理測試，畢竟難以知曉。蕗屋盡其所知，將每種方法一一回想出來，全力研究應對之法。然而，所謂心理測試，本來是揭穿偽證的一種方法。而今卻要在此之上繼續作偽，從理論上來説看上去是不可行的。

據蕗屋的考察，根據性質不同，心理測試可分為兩大類。一類純粹是測試生理反應的，另一類則通過談話來進行

によるもの、今一つは言葉を通じて行われるものだ。前者は、試験者が犯罪に関聯した様々の質問を発して、被験者の身体上の微細な反応を、適当な装置によって記録し、普通の訊問によっては、到底知ることの出来ない真実を掴もうとする方法だ。それは、人間は、仮令言葉の上で、又は顔面表情の上で嘘をついても、神経そのものの興奮は隠すことが出来ず、それが微細な肉体上の徴候として現われるものだという理論に基くので、その方法としては、例えば、Automatograph 等の力を借りて、手の微細な動きを発見する方法。ある手段によって眼球の動き方を確める方法。Pneumograph によって呼吸の深浅遅速を計る方法。Sphygmograph によって脈搏の高低遅速を計る方法。Plethysmograph によって四肢の血量を計る方法。Galvanometer によって掌の微細なる発汗を発見する方法。膝の関節を軽く打って生ずる筋肉の収縮の多少を見る方法、其他これらに類した種々様々の方法がある。

例えば、不意に「お前は老婆を殺した本人であろう」と問われた場合、彼は平気な顔で「何を証拠にそんなことをおっしゃるのです」と云い返す丈けの自信はある。だが、その時不自然に脈搏が高まったり、呼吸が早くなる様なことはないだろうか。それを防ぐことは絶対に不可能なのではあるまいか。彼は色々な場合を仮定して、心の内で実験して見た。ところが、不思議なことには、自分自身で発した訊問は、それがどんなにきわどい、不意の思い付きであっても、肉体

判斷。前者，由測試者提出各種與犯罪相關的問題，將被驗者身體出現的細微反應，通過相應的裝置記錄在案，如此這般，慣常的審訊中難以掌握的真實情況，即可通過這種方法獲取。此法之所以能奏效，是基於以下的理論。人在談話過程中，或在臉部表情上，即便能夠編造謊言，卻無法掩飾來自神經上的亢奮，並體現為各種細微的徵兆，顯露於肌體之上。比方說，這類方法包括藉助自動記錄儀（Automatograph）之力，發現手部細微反應；或以某種手段監測眼球的微小變化；使用呼吸描記器（Pneumograph）測定呼吸的深淺快慢；脈波儀（Sphygmograph）可檢測到脈搏強弱快慢；而體積描記器（Plethysmograph）則可用來測量四肢的血量。電流計（Galvanometer）能監測手掌上不易覺察的出汗情況；輕叩膝關節則可觀測到肌肉的收縮頻度；其他還有各種與上述相類似的方法。

比方說，如出其不意地被問到「是你謀殺了老婦吧」，蕗屋自信能泰然自若地反問：「您這麼說有何證據？」然而，此時會否不自然地脈搏加快，呼吸急促呢？要防備出現這種狀況根本不可能。他假設了各種情況，在心裡暗暗測試自己。然而，令人難以捉摸的是，若由其自問自答，無論問題多麼尖銳，或是突如其來，並不會引發肌體上的變化。當然，沒有測定肌體細微變化的器械，因此也說不準確。但既然無法感受到神經上的亢奮，從結果上來說，肌體上的變化自然也不會發生。

上に変化を及ぼす様には考えられなかった。無論微細な変化を計る道具がある訳ではないから、確かなことは云えぬけれど、神経の興奮そのものが感じられない以上は、その結果である肉体上の変化も起らぬ筈だった。

そうして、色々と実験や推量を続けている内に、蕗屋はふとある考にぶッつかった。それは、練習というものが心理試験の効果を妨げはしないか、云い換えれば、同じ質問に対しても、一回目よりは二回目が、二回目よりは三回目が、神経の反応が微弱になりはしないかということだった。つまり、慣れるということだ。これは他の色々の場合を考えて見ても分る通り、随分可能性がある。自分自身の訊問に対して反応がないというのも、結局はこれと同じ理窟で、訊問が発せられる以前に、已に予期がある為に相違ない。

そこで、彼は「辞林」の中の何万という単語を一つも残らず調べて見て、少しでも訊問され相な言葉をすっかり書き抜いた。そして、一週間もかかって、それに対する神経の「練習」をやった。

さて次には、言葉を通じて試験する方法だ。これとても恐れることはない。いや寧ろ、それが言葉である丈けごまかし易いというものだ。これには色々な方法があるけれど、最もよく行われるのは、あの精神分析家が病人を見る時に用いるのと同じ方法で、聯想診断という奴だ。「障子」だとか「机」だとか「インキ」だとか「ペン」だとか、なん

如此，在進行各式各樣的測試、推斷的過程中，蕗屋忽然有了個主意。反覆訓練的話，是否會對心理測試的效果產生干擾呢。換句話說，對於同一個問題，問第二遍的時候，神經的反應會比第一遍有所減弱，而問第三遍的時候則要比第二遍更弱。也就是說，會漸漸習以為常。在考慮其他各種事例時也會出現這種情況，因此具有相當大的可能性。自問自答時之所以毫無神經反應，也是出於相同的道理。在發問之前，肯定就已做好心理準備了。

於是，他將《辭林》中數萬個單詞一個不漏地查找了一遍。把有可能會被問到的單詞都記錄了下來，哪怕僅有一丁點兒可能。接着，花了一週時間，翻來覆去「訓練」神經反應。

接下來，是通過詞彙進行測試的方法。這倒無須太過擔憂。倒不如說，正因為是詞彙才比較容易蒙混過關。這也分為好幾種方法。最常用的，與精神分析專家對病人進行治療時所使用的方法相同，即所謂聯想診斷法。「紙窗」「書桌」「墨水」「筆」等，把之間毫無關聯的一些單詞按順序讀給對方聽後，要求其以最快速度，完全不加思考地說出由那些單詞聯

でもない単語をいくつも順次に読み聞かせて、出来る丈け早く、少しも考えないで、それらの単語について聯想した言葉を喋らせるのだ。例えば、「障子」に対しては「窓」とか「敷居」とか「紙」とか「戸」とか色々の聯想があるだろうが、どれでも構わない、その時ふと浮んだ言葉を云わせる。そして、それらの意味のない単語の間へ、「ナイフ」だとか「血」だとか「金」だとか「財布」だとか、犯罪に関係のある単語を、気づかれぬ様に混ぜて置いて、それに対する聯想を検べるのだ。

先ず第一に、最も思慮の浅い者は、この老婆殺しの事件で云えば「植木鉢」という単語に対して、うっかり「金」と答えるかも知れない。即ち「植木鉢」の底から「金」を盗んだことが最も深く印象されているからだ。そこで彼は罪状を自白したことになる。だが、少し考え深い者だったら、仮令「金」という言葉が浮んでも、それを押し殺して、例えば「瀬戸物」と答えるだろう。

斯様な偽りに対して二つの方法がある。一つは、一巡試験した単語を、少し時間を置いて、もう一度繰返すのだ。すると、自然に出た答は多くの場合前後相違がないのに、故意に作った答は、十中八九は最初の時と違って来る。例えば「植木鉢」に対しては最初は「瀬戸物」と答え、二度目は「土」と答える様なものだ。

もう一つの方法は、問を発してから答を得るまでの時間を、ある装置によって精確に記録し、その遅速によって、

想到的詞彙。比如，由「紙窗」會想到「窗戶」「門檻」「紙張」「房門」等各式各樣的聯想，哪種都可以，要說出自然而然想到的那個單詞。接着，在被驗者不備的情況下，將「刀」「鮮血」「錢財」「皮夾」等與犯罪相關聯的詞語夾雜到這些毫無意義的單詞之間，測試被驗者對這些單詞的聯想。

首先，考慮問題最為粗陋之人，對老婦謀殺案的重要證據「花盆」一詞，估計會冒冒失失地答出「錢財」來。這是因為留給其印象最深的便是，從「花盆」底下竊走「錢財」一事。這等於自行供認了罪狀。然而，考慮問題較周密之人，腦海中即使浮現出「錢財」一詞，亦會克制住，換作比如說「陶瓷」一詞吧。

上述這種偽裝，有兩種辦法可以對付。一種待稍過段時間，將剛才測試過的詞彙，繼續再測試一遍。若是在相當自然的情況下，大多數時候的回答，前後應無二致。而若是故意作答，則十有八九會和當初的回答有所不同。比如「花盆」，一開始回答「陶瓷」，第二次則有可能會回答「泥土」。

另一種方式是，憑藉某種裝置精確記錄從提問到回答的時間，根據快慢來判斷。比如，從聽到「紙窗」到回答「房門」

例えば「障子」に対して「戸」と答えた時間が一秒間であったにも拘らず、「植木鉢」に対して「瀬戸物」と答えた時間が三秒間もかかったとすれば（実際はこんな単純なものではないけれど）それは「植木鉢」について最初に現れた聯想を押し殺す為に時間を取ったので、その被験者は怪しいということになるのだ。この時間の遅延は、当面の単語に現れないで、その次の意味のない単語に現れることもある。

又、犯罪当時の状況を詳しく話して聞かせて、それを復誦させる方法もある。真実の犯人であったら、復誦する場合に、微細な点で、思わず話して聞かされたことと違った真実を口走って了うものなのだ。（心理試験について知っている読者に、余りにも煩瑣な叙述をお詫びせねばならぬ。が、若しこれを略する時は、外の読者には、物語全体が曖昧になって了うのだから、実に止むを得なかったのである）

この種の試験に対しては、前の場合と同じく「練習」が必要なのは云うまでもないが、それよりももっと大切なのは、蕗屋に云わせると、無邪気なことだ。つまらない技巧を弄しないことだ。

「植木鉢」に対しては、寧ろあからさまに「金」又は「松」と答えるのが、一番安全な方法なのだ。というのは蕗屋は仮令彼が犯人でなかったとしても、判事の取調べその他によって、犯罪事実をある程度まで知悉しているのが当然だ

的時間為一秒，而從聽到「花盆」到回答「陶瓷」卻花了三秒(其實並非如此簡單)，是因為聽到「花盆」後，為了克制一開始的聯想而拖延了時間。憑此即可推斷被驗者有嫌疑。這種時間上的延遲，如在上述刻意夾雜的，與案件相關的詞彙上未出現，那麼也有可能會出現在其後毫無意義的詞彙上。

另外，還有種方式是詳細講述犯罪發生當時的情況，並讓嫌疑人復述。若是真犯人，復述時，在某些細節問題上會不自覺地泄露出與剛才聽到的不同的事實。(對那些了解心理測試的讀者，闡述過於煩瑣，實須道歉。然而，對其他讀者來說，如略去這些，故事整體則會變得含糊不清，故實為迫不得已。)

這類測試與前述的同樣，不用説也需要「訓練」。但比「訓練」更重要的，按蕗屋的説法，即保持一顆平常心。不去耍弄拙劣的心術。

對「花盆」這個詞，堂而皇之地回答「錢財」抑或「松樹」倒不如説是最安全的方式。之所以這麼説是因為，蕗屋盤算，假設自己並非謀殺犯，但通過法官的審訊及其他情況，在某種程度上對犯罪事實了解得比較清楚可説是理所當然的。花

から。そして、植木鉢の底に金があったという事実は、最近の且つ最も深刻な印象に相違ないのだから、聯想作用がそんな風に働くのは至極あたり前ではないか。（又、この手段によれば、現場の有様を復誦させられた場合にも安全なのだ）唯、問題は時間の点だ。これには矢張り「練習」が必要である。「植木鉢」と来たら、少しもまごつかないで、「金」又は「松」と答え得る様に練習して置く必要がある。彼は更らにこの「練習」の為に数日を費した。斯様にして、準備は全く整った。

彼は又、一方に於て、ある一つの有利な事情を勘定に入れていた。それを考えると、仮令、予期しない訊問に接しても、更らに一歩を進めて、予期した訊問に対して不利な反応を示しても毫も恐れることはないのだった。というのは、試験されるのは、蕗屋一人ではないからだ。あの神経過敏な斎藤勇がいくら身に覚えがないといって、様々の訊問に対して、果して虚心平気でいることが出来るだろうか。恐らく、彼とても、少くとも蕗屋と同様位の反応を示すのが自然ではあるまいか。

蕗屋は考えるに随って、段々安心して来た。何だか鼻唄でも歌い出したい様な気持になって来た。彼は今は却って、笠森判事の呼出しを待構える様にさえなった。

盆底部藏有錢財之事，毋庸置疑，肯定是近期印象最為深刻的事情。因此，那樣子觸發聯想效應不也顯得極為自然嗎。(同時，如被要求復述犯罪現場的情況，這種方式也較為安全。）唯一的問題是時間，這點仍然需要「訓練」。聽到「花盆」，必須毫不猶豫地立即回答出「錢財」或者「松樹」，這樣的演練絕對有必要。於是為這個「訓練」他又花費了數日。如此，一切均準備停當。

另一方面，他還盤算好一樁對其有利的事情。如此想來，即便審訊時碰到出其不意的質詢，或出現更為糟糕的情況，比如對審訊的問題雖有所準備，卻仍舊回答了不利於自己的情況時，都根本無須驚惶。為何這麼説呢，那是因為，接受心理測試的不只是蕗屋一人。還有那位神經過度緊張的齋藤勇。無論齋藤如何辯解自己的冤屈，對於審問時的各種問題，他能輕鬆自如地回答嗎？恐怕，至少他要跟蕗屋表現出差不多的反應才算比較自然吧。

蕗屋這麼盤算着，漸漸放下心來，甚至有種想要哼上兩支小曲的心情。事到如今，他反倒泰然自若地恭候着笠森法官的傳喚。

五

笠森判事の心理試験が如何様に行われたか。それに対して、神経家の斎藤がどんな反応を示したか。蕗屋が、如何に落ちつきはらって試験に応じたか。ここにそれらの管々しい叙述を並べ立てることを避けて、直ちにその結果に話を進めることにする。

それは心理試験が行われた翌日のことである。笠森判事が、自宅の書斎で、試験の結果を書きとめた書類を前にして、小首を傾けている所へ、明智小五郎の名刺が通じられた。

「D坂の殺人事件」を読んだ人は、この明智小五郎がどんな男だかということを、幾分御存じであろう。彼はその後、屡々困難な犯罪事件に関係して、その珍らしい才能を現し、専門家達は勿論一般の世間からも、もう立派に認められていた。笠森氏ともある事件から心易くなったのだ。

女中の案内につれて、判事の書斎に、明智のニコニコした顔が現れた。このお話は「D坂の殺人事件」から数年後のことで、彼ももう昔の書生ではなくなっていた。

「却々、御精が出ますね」

明智は判事の机の上を覗きながら云った。

「イヤ、どうも、今度はまったく弱りましたよ」

判事が、来客の方に身体の向きを換えながら応じた。

五

至於笠森法官是如何實施心理測試的。當時，神經過敏的齋藤又是如何反應的。蕗屋到底怎樣冷靜沉着地應對了心理測試。那些繁縟細節，這裡便不再一一贅述，還是立即去看結果。

實施完心理測試的第二天。笠森法官在自家書房中，正對着寫有心理測試結果的報告反覆思忖之際，女傭遞送了張明智小五郎的名片進來。

讀過《D 坡殺人事件》的諸位，對這位明智小五郎是何人物，應該知曉一二。自那以後，明智小五郎面對各類疑難案件，屢屢發揮其卓越才智，令辦案專家，乃至社會上下，均對其刮目相看，歎服不已。笠森也因某案件與其相識，並結為好友。

由女傭帶領，明智笑容可掬地走進了法官的書房。本故事離《D 坡殺人事件》已過了數年，他已然並非以前的一介書生了。

「工作可真是辛苦啊！」

明智瞧了瞧法官桌上說道。

「唉，你來啦。這次真不知如何是好。」

法官朝着來客的方向轉過身來回答道。

「例の老婆殺しの事件ですね。どうでした、心理試験の結果は」

明智は、事件以来、度々笠森判事に逢って詳しい事情を聞いていたのだ。

「イヤ、結果は明白ですがね」と判事「それがどうも、僕には何だか得心出来ないのですよ。昨日は脈搏の試験と聯想診断をやって見たのですが、蕗屋の方は殆ど反応がないのです。尤も脈搏では、大分疑わしい所もありましたが、併し、斎藤に比べれば、問題にもならぬ位僅かなんです。これを御覧なさい。ここに質問事項と、脈搏の記録がありますよ。斎藤の方は実に著しい反応を示しているでしょう。聯想試験でも同じことです。この『植木鉢』という刺戟語に対する反応時間を見ても分りますよ。蕗屋の方は外の無意味な言葉よりも却って短い時間で答えているのに斎藤の方は、どうです、六秒もかかっているじゃありませんか」

判事が示した聯想診断の記録は左の様に記されていた。

「就是那椿老婦謀殺案吧。怎麼樣？心理測試的結果。」

自本案發生以來，明智多次與笠森法官會過面，聽取了案件的詳情。

「嗯，結果倒是很清楚。」法官說道，「但我總覺得仍有難以苟同之處。昨天檢測了脈搏，進行了聯想測試，蕗屋基本上沒顯示出甚麼反應。不過在脈搏上，大有可懷疑之處，然而，和齋藤一比，卻微小到幾乎不構成甚麼問題。你看看這個。這裡有提的問題和脈搏的記錄。齋藤的反應很強烈吧。聯想測試也一樣。看看對「花盆」這個刺激詞的反應時間就能知道。而蕗屋對此的反應時間，反倒要比其他毫無意義的單詞都來得短。與其相比，齋藤怎麼樣，竟然花了六秒鐘。」

法官給出的聯想測試的記錄如圖所示：

刺戟語	蕗屋清一郎		斎藤勇	
	反応語	所要時間	反応語	所要時間
頭	毛	0.9秒	尾	1.2秒
緑	青	0.7	青	1.1
水	湯	0.9	魚	1.3
歌う	唱歌	1.1	女	1.5
長い	短い	1.0	紐	1.2
○ 殺す	ナイフ	0.8	犯罪	3.1
舟	川	0.9	水	2.2
窓	戸	0.8	ガラス	1.5
料理	洋食	1.0	さしみ	1.3
○ 金	紙幣	0.7	鉄	3.5
冷い	水	1.1	冬	2.3
病気	風邪	1.6	肺病	1.6
針	糸	1.0	糸	1.2
○ 松	植木	0.8	木	2.3
山	高い	0.9	川	1.4
○ 血	流れる	1.0	赤い	3.9
新しい	古い	0.8	着物	2.1
嫌い	蜘蛛	1.2	病気	1.1
○ 植木鉢	松	0.6	花	6.2
鳥	飛ぶ	0.9	カナリヤ	3.6
本	丸善	1.0	丸善	1.3
○ 油紙	隠す	0.8	小包	4.0
友人	斎藤	1.1	話す	1.8
純粋	理性	1.2	言葉	1.7
箱	本箱	1.0	人形	1.2
○ 犯罪	人殺し	0.7	警察	3.7
満足	完成	0.8	家庭	2.0
女	政治	1.0	妹	1.3
絵	屏風	0.9	景色	1.3
○ 盗む	金	0.7	馬	4.1

○印は犯罪に関係ある単語。実際は百位使われるし、更にそれを二組も三組も用意して、次々と試験するのだが、右の表は解り易くする為に簡単にしたものである。

刺激詞	蕗屋清一郎		齋藤勇	
	反應語	所要時間	反應語	所要時間
頭	頭髮	0.9秒	尾	1.2秒
綠	藍	0.7	藍	1.1
水	熱水	0.9	魚	1.3
唱歌	歌曲	1.1	女性	1.5
長	短	1.0	繩子	1.2
○ 謀殺	小刀	0.8	犯罪	3.1
船	河	0.9	水	2.2
窗	門	0.8	玻璃	1.5
料理	西餐	1.0	刺身	1.3
○ 錢	紙幣	0.7	鋼鐵	3.5
冷	水	1.1	冬天	2.3
疾病	感冒	1.6	肺病	1.6
針	線	1.0	線	1.2
○ 松	植物	0.8	樹	2.3
山	高	0.9	河	1.4
○ 血	流血	1.0	紅	3.9
新	舊	0.8	和服	2.1
厭惡	蜘蛛	1.2	疾病	1.1
○ 花盆	松樹	0.6	花卉	6.2
鳥	飛	0.9	金絲雀	3.6
書	丸善	1.0	丸善	1.3
○ 油紙	隱藏	0.8	包裹	4.0
朋友	齋藤	1.1	聊天	1.8
純粹	理性	1.2	語言	1.7
箱子	書箱	1.0	人偶	1.2
○ 犯罪	謀殺	0.7	警察	3.7
滿足	完成	0.8	家庭	2.0
女性	政治	1.0	妹妹	1.3
繪畫	屏風	0.9	景色	1.3
○ 盜竊	錢財	0.7	馬匹	4.1

標有○之處為與謀殺有關的單詞。實際使用時有百多個，且準備了兩三組表格，接連進行測試。此表乃為明了起見簡易化了。

「ね、非常に明瞭でしょう」判事は明智が記録に目を通すのを待って続けた「これで見ると、斎藤は色々故意の細工をやっている。一番よく分るのは反応時間の遅いことですが、それが問題の単語ばかりでなくその直ぐあとのや、二つ目のにまで影響しているのです。それから又、『金』に対して『鉄』と云ったり、『盗む』に対して『馬』といったり、可也無理な聯想をやってますよ、『植木鉢』に一番長くかかったのは、恐らく『金』と『松』という二つの聯想を押えつける為に手間取ったのでしょう。それに反して、蕗屋の方はごく自然です。『植木鉢』に『松』だとか、『油紙』に『隠す』だとか、『犯罪』に『人殺し』だとか、若し犯人だったら是非隠さなければならない様な聯想を平気で、而も短い時間に答えています。彼が人殺しの本人でいて、こんな反応を示したとすれば、余程の低能児に違いありません。ところが、実際は彼は —— 大学の学生で、それに却々秀才なのですからね」

「そんな風にも取れますね」

明智は何か考え考え云った。併し判事は彼の意味あり気な表情には、少しも気付かないで、話を進めた。

「ところがですね。これで、もう蕗屋の方は疑う所はないのだが、斎藤が果して犯人かどうかという点になると、試験の結果はこんなにハッキリしているのに、どうも僕は確信が出来ないのですよ。何も予審で有罪にしたとて、それが最後の決定になる訳ではなし、まあこの位でいいの

「怎樣，一目了然吧。」法官等明智將測試記錄看了一遍後繼續説道，「看這，就知道齋藤故意搞了各種小動作。最清楚的就是反應時間太慢。不僅是跟案件相關的詞語，緊跟其後的詞，甚至於這之後的第二個詞也受到影響。又比如，聽到『金錢』回答『鋼鐵』，聽到『偷竊』回答『馬匹』，都是些毫無關聯的聯想。之所以在『花盆』上花的時間最長，估計是因想要掩蓋『金錢』和『松樹』兩種聯想而費了番周折。與其相反，蕗屋則極為自然。聽到『花盆』回答『松樹』，聽到『油紙』回答『隱藏』，聽到『犯罪』回答『謀殺』等。若是真犯人的話，這些絕對需要掩蓋的聯想，他卻很自如地，且只花了很短的時間便反應出來。倘若他便是謀殺犯，卻以如此的反應示人，毋庸置疑肯定是個超級低能兒。而實際上，他是大學的學生，還是個不可多得的秀才呢。」

「看起來好像是那麼回事兒。」

明智思索着甚麼回答道。然而法官完全未注意到他若有所思、似有所指的臉色，繼續説道：

「不過呢，雖説蕗屋就此已然無可懷疑了，但齋藤究竟是不是謀殺犯這點，測試的結果雖不言而喻，但我總覺得吃不太準。預審時被判有罪，並不表明就是最終結果，這樣處理亦無不可。但你也知道我是那種不願服輸的性格。公訴審理的時候，如果我的想法被推翻的話那就很不愉快了。因此到

ですが、御承知の様に僕は例のまけぬ気でね。公判で僕の考えをひっくり返されるのが癪なんですよ。そんな訳で実はまだ迷っている始末です」

「これを見ると、実に面白いですね」明智が記録を手にして始めた。「蕗屋も斎藤も中々勉強家だって云いますが、『本』という単語に対して、両人共『丸善』と答えた所などは、よく性質が現れていますね。もっと面白いのは、蕗屋の答は、皆どことなく物質的で、理智的なのに反して、斎藤のは如何にもやさしい所があるじゃありませんか。叙情的ですね。例えば『女』だとか『着物』だとか『花』だとか『人形』だとか『景色』だとか『妹』だとかいう答は、どちらかと云えば、センチメンタルな弱々しい男を思わせますね。それから、斎藤はきっと病身ですよ。『嫌い』に『病気』と答え『病気』に『肺病』と答えてるじゃありませんか。平生から肺病になりはしないかと恐れてる証拠ですよ」

「そういう見方もありますね。聯想診断て奴は、考えれば考える丈け、色々面白い判断が出て来るものですよ」

「ところで」明智は少し口調を換えて云った。「あなたは、心理試験というものの弱点について考えられたことがありますかしら。デ・キロスは心理試験の提唱者ミュンスターベルヒの考えを批評して、この方法は拷問に代るべく考案されたものだけれど、その結果は、やはり拷問と同じ様に、無辜のものを罪に陥れ、有罪者を逸することが

現在還是猶豫未決。」

「這麼來看，有意思得很。」明智將記錄拿到手裡開始分析道，「聽説蕗屋和齋藤都是好學之人，從『書籍』這個詞，兩人均回答『丸善』[①] 這點即可見一斑。更耐人尋味的是，蕗屋的回答總讓人感覺是物質的，充滿了理性，與其相對，齋藤則讓人感到其性格溫和，回答頗具抒情性。比方説，『女性』『和服』『花卉』『人偶』『景色』『妹妹』的話，多少會讓人感到這是個多愁善感、性情柔弱的男子。而且，齋藤肯定身體狀況欠佳。你看，『厭惡』回答『疾病』，『疾病』則回答『肺病』。這就看出他平日裡便在擔憂自己是否會患上肺病。」

「你那麼看也有道理。聯想測試這東西，隨着分析得不斷深入，會出現各式各樣值得推敲的判斷。」

「不過，」明智稍稍改換了語氣説道，「你，有否考慮過心理測試的弱點呢。德．奇羅斯 [②] 曾經對測謊鼻祖，明斯特伯

---

① 「丸善」是日本著名出版公司、書店。創立於 1869 年。創立初始即致力於傳播介紹西洋文化、學術。為日本近代化發展做出了貢獻。

② 貢斯當希奧．貝爾納多．德．奇羅斯（Constancio Bernaldo de Quiros），1873—1959 年，西班牙知名法學家、犯罪研究學者。

あるといっていますね。ミュンスターベルヒ自身も、心理試験の真の効能は、嫌疑者が、ある場所とか、人とか、物について知っているかどうかを見出す場合に限って確定的だけれど、その他の場合には幾分危険だという様なことを、どっかで書いていました。あなたにこんな事を御話するのは釈迦に説法かも知れませんね。でも、これは確かに大切な点だと思いますが、どうでしょう」

「それは悪い場合を考えれば、そうでしょうがね。無論僕もそれは知ってますよ」

判事は少しいやな顔をして答えた。

「併し、その悪い場合が、存外手近かにないとも限りませんからね。こういうことは云えないでしょうか。例えば、非常に神経過敏な、無辜の男が、ある犯罪の嫌疑を受けたと仮定しますね。その男は犯罪の現場を捕えられ、犯罪事実もよく知っているのです。この場合、彼は果して心理試験に対して平気でいることが出来るでしょうか。『ア、これは俺を試すのだな、どう答えたら疑われないだろう』などという風に亢奮するのが当然ではないでしょうか。ですから、そういう事情の下に行われた心理試験はデ・キロスの所謂『無辜のものを罪に陥れる』ことになりはしないでしょうか」

格[1]的言論進行過如下的評論，認為此法雖是為替代嚴刑拷問而開發的，但其結果同拷問並無二致，仍舊會使無辜者蒙受冤屈，有罪者逃之夭夭。而明斯特伯格本人對於心理測試的真實效果，也僅限於能準確地判斷出嫌疑人對地點、人物、器具等的了解程度。若使用於其他情況，則伴隨一定的危險性，這話好像在甚麼書中提到過。跟你說這話有點班門弄斧了。然而，這卻是相當重要之處，你怎麼看？」

「如出現不同尋常的情形，結果自然如你所言。我當然清楚這點。」

法官臉色微慍，稍有不悦地回答道。

「然而，所謂不同尋常的情形，極有可能離我們並不遙遠。試想會否出現下面這種情況？比方說，神經過敏的無辜之人，假定他被定為犯罪嫌疑人。其在犯罪現場被抓獲，對於犯罪事實也知道得很詳盡。那麼，他究竟能否輕鬆自如地進行心理測試呢？『哦，這是在考驗我吧，怎麼回答才能不被懷疑呢』等，出現類似於這樣的亢奮狀態不是很正常嘛。因此，此種情況下實施的心理測試，難道不會成為德．奇羅斯所指的『使無辜者蒙受冤屈』嗎？」

---

① 雨果．明斯特伯格（Hugo Munsterberg），1863—1916 年，德國著名心理學家，被稱為「應用心理學之父」。

「君は斎藤勇のことを云っているのですね。イヤ、それは、僕も何となくそう感じたものだから、今も云った様に、まだ迷っているのじゃありませんか」

判事は益々苦い顔をした。

「では、そういう風に、斎藤が無罪だとすれば（尤も金を盗んだ罪は免れませんけれど）一体誰が老婆を殺したのでしょう……」

判事はこの明智の言葉を中途から引取って、荒々しく尋ねた。

「そんなら、君は、外に犯人の目当でもあるのですか」

「あります」明智がニコニコしながら答えた。「僕はこの聯想試験の結果から見て蕗屋が犯人だと思うのですよ。併しまだ確実にそうだとは云えませんけれど、あの男はもう帰宅したでしょうね。どうでしょう。それとなく彼をここへ呼ぶ訳には行きませんかしら、そうすれば、僕はきっと真相をつき止めて御目にかけますがね」

「なんですって。それには何か確かな証拠でもあるのですか」

判事が少なからず驚いて尋ねた。

明智は別に得意らしい色もなく、詳しく彼の考えを述べた。そして、それが判事をすっかり感心させて了った。

明智の希望が容れられて、蕗屋の下宿へ使いが走った。

「御友人の斎藤氏は愈々有罪と決した。それについて御話したいこともあるから、私の私宅まで御足労を煩わし度い」

「你指的是齋藤勇吧。嗯，我也隱隱約約有那麼種感覺。正如我方才所言，所以不是仍在猶豫不決嘛。」

法官臉色越發苦惱。

「那麼，如剛才所示，姑且就算齋藤無罪（不過，盜竊他人錢財之罪不可免），究竟是何人謀殺了老婦呢……」

法官將明智的話頭打斷，急切地追問道：

「除他之外，你認為，還有其他謀殺老婦之人嗎？」

「有。」明智笑顏微展，回答道，「看了這份聯想測試的結果，我認為蕗屋即謀殺老婦之人。不過，尚無法做出定論。估計他已回家了吧。怎麼樣，能否找個不易察覺的理由把他叫到這兒來。能行的話，我一定挖出真相，將結論呈遞給您。」

「怎麼說？有甚麼確鑿的證據嗎？」

法官驚詫地詢問道。

明智並未流露出絲毫得意之色，詳細地道出了他的主張。聽過之後，法官不由得感到由衷地佩服。

於是，遵從明智的要求，法官派人去了趟蕗屋的住處。

「尊友齋藤差不多快定罪了。有些事情想要細聊，為此，煩勞請來一趟寒舍。」

これが呼出しの口上だった。蕗屋は丁度学校から帰った所で、それを聞くと早速やって来た。流石の彼もこの吉報には少なからず興奮していた。嬉しさの余り、そこに恐ろしい罠のあることを、まるで気付かなかった。

六

笠森判事は、一通り斎藤を有罪と決定した理由を説明したあとで、こう附け加えた。

「君を疑ったりして、全く相済まんと思っているのです。今日は、実はそのお詫び旁々、事情をよくお話しようと思って、来て頂いた訳ですよ」

そして、蕗屋の為には紅茶を命じたりして極く打ちくつろいだ様子で雑談を始めた。明智も話に加わった。判事は、彼を知合の弁護士で、死んだ老婆の遺産相続者から、貸金の取立て等を依頼されている男だといって紹介した。無論半分は嘘だけれども親族会議の結果、老婆の甥が田舎から出て来て、遺産を相続することになったのは事実だった。

三人の間には、斎藤の噂を始めとして、色々の話題が話された。すっかり安心した蕗屋は、中でも一番雄弁な話手だった。

そうしている内に、いつの間にか時間が経って、窓の外に夕暗が迫って来た。蕗屋はふとそれに気付くと、帰り支

藉此理由傳召了蕗屋。蕗屋正好從學校回到住處，聽到這消息立即趕來法官家中。他雖精明非常，聽到這好消息亦按捺不住內心的興奮。竊喜之餘，完全未覺察到前方早已佈置好一個令人驚懼的陷阱。

六

笠森法官把給齋藤定罪的理由解釋了一番之後，繼續説道：

「之前對你產生懷疑，實在是抱歉得很。今天請你來，一方面是向你表示道歉，另外，還想再好好聊聊個中情由。」

接着，法官吩咐給蕗屋上了紅茶，在一種極為寬鬆的氣氛中開始閒聊起來。明智也參加進了談話中。法官介紹明智是他的律師朋友，受老婦遺產繼承人的委託，負責處理一些債務回收的問題。不用説這自然是編了個故事而已。不過，倒也並非全是故事，據親屬會議的討論結果，老婦的外甥確實會從鄉下來此繼承遺產。

三個人以齋藤為主開始聊了起來，之後漸漸引出了各式各樣的話題。蕗屋完全放鬆了心情，三人之中倒是他顯得最能高談闊論。

閒聊之中，不知不覺時間已然過了許久，窗外漸顯昏暗。蕗屋驀然覺察天色不早，邊做着回家的準備邊問道：

度を始めながら云った。

「では、もう失礼しますが、別に御用はないでしょうか」

「オオ、すっかり忘れて了うところだった」明智が快活に云った。「なあに、どうでもいい様なことですがね。丁度序だから、……御承知かどうですか、あの殺人のあった部屋に、二枚折りの金屏風が立ててあったのですが、それに一寸傷がついていたと云って問題になっているのですよ。というのは、その屏風は婆さんのものではなく、貸金の抵当に預ってあった品で、持主の方では、殺人の際についた傷に相違ないから弁償しろというし、婆さんの甥は、これが又婆さんに似たけちん坊でね、元からあった傷かも知れないといって、却々応じないのです。実際つまらない問題で、閉口してるんです。尤もその屏風は可也値うちのある品物らしいのですけれど。ところで、あなたはよくあの家へ出入りされたのですから、その屏風も多分御存じでしょうが、以前に傷があったかどうか、ひょっと御記憶じゃないでしょうか。どうでしょう。屏風なんか別に注意しなかったでしょうね。実は斎藤にも聞いて見たんですが、先生亢奮し切っていて、よく分らないのです、それに、女中は国へ帰って了って、手紙で聞合せても要領を得ないし、一寸困っているのですが……」

屏風が抵当物だったことはほんとうだが、その外の点は無論作り話に過ぎなかった。蕗屋は屏風という言葉に思わずヒヤッとした。

「那，我就先告辭了。其他沒甚麼事情了？」

「喔唷，差點把那樁事情給忘了。」明智爽快地說道，「哎呀，其實根本算不上甚麼大事。正好趕上你在這兒……不知你注意到沒有。發生兇案的那間屋子裡，有扇對摺的金色屏風立在那裡。因為發現有少許破損，現在出了點問題。其實呢，那屏風不是老婦的，是別人作為借債的抵押品放在她那裡的。物主認為肯定是兇案發生時造成的破損，要求賠償。而老婦的那個外甥，是個跟她一模一樣的守財奴。辯稱可能是原本就有的破損，無論如何不答應。算不上甚麼大事，卻頗為棘手。不過呢，聽說那扇屏風還是相當值錢的東西。你經常出入那所宅子，可能看到過那扇屏風。破損是否以前就存在，也許你還記得。怎麼樣？或許屏風那種東西根本沒注意過。其實我們也問過齋藤，但這位先生[①]完全處於興奮狀態，無從得知。加上，女傭人又回老家了，寫信詢問，其答覆又不得要領。簡直有點束手無策了……」

除了屏風確實是抵押品之外，其他的自然都是編的故事

① 此處之所以稱呼齋藤為先生，是當時社會對大學生較普遍的尊稱。

併しよく聞いて見ると何でもないことなので、すっかり安心した。「何をビクビクしているのだ。事件はもう落着して了ったのじゃないか」

彼はどんな風に答えてやろうかと、一寸思案したが、例によってありのままにやるのが一番いい方法の様に考えられた。

「判事さんはよく御承知ですが、僕はあの部屋へ入ったのはたった一度切りなんです。それも、事件の二日前にね」

彼はニヤニヤ笑いながら云った。こうした云い方をするのが愉快でたまらないのだ。

「併し、その屏風なら覚えてますよ。僕の見た時には確か傷なんかありませんでした」

「そうですか。間違いないでしょうね。あの小野の小町の顔の所に、ほんの一寸した傷がある丈けなんですが」

「そうそう、思い出しましたよ」蕗屋は如何にも今思い出した風を装って云った。

「あれは六歌仙の絵でしたね。小野の小町も覚えてますよ。併し、もしその時傷がついていたとすれば、見落した筈がありません。だって、極彩色の小町の顔に傷があれば、一目で分りますからね」

「じゃ御迷惑でも、証言をして頂く訳には行きませんかしら、屏風の持主というのが、実に慾の深い奴で始末にいけないのですよ」

而已。蕗屋聽到屏風這個詞，心裡不由得咯噔了一下。

不過再仔細聽聽，原來與自己全然無關，便定下了心來。「有甚麼好膽戰心驚的，案子不是就此了結了嘛。」

以甚麼樣的語態去應對呢，稍作考慮後，他決定跟以前一樣，完全按照真實情況來應對是最穩妥的。

「法官先生比較清楚，那間房間，我只去過唯一的一次。而且是在兇案發生的兩天前。」

他露出狡黠的笑容，說道。這種說話方式會讓其內心掀起一股難以抑制的快感。

「不過，那扇屏風是記得的。我看到的時候確實還沒有破損。」

「是嘛。沒弄錯哦。就在小野小町的臉部，僅有那麼一丁點兒的破損。」

「對對。想起來了。」蕗屋佯裝出一副剛回憶起來的樣子。

「那是幅六歌仙的畫。我記得小野小町。如果那時就有破損的話，不會毫無覺察的。絢麗的小町臉部如果有殘破，肯定一眼便能發覺。」

「那，再麻煩也能否勞駕你做個證人。那扇屏風的主人是個貪得無厭的傢伙，很難搞得定。」

「エエ、よござんすとも、いつでも御都合のいい時に」

蕗屋はいささか得意になって、弁護士と信ずる男の頼みを承諾した。

「ありがとう」明智はモジャモジャに延ばした頭を指でかき廻しながら、嬉し相に云った。これは、彼が多少亢奮した際にやる一種の癖なのだ。「実は、僕は最初から、あなたが屏風のことを知って居られるに相違ないと思ったのですよ。というのはね、この昨日の心理試験の記録の中で『絵』という問に対して、あなたは『屏風』という特別の答え方をしていますね。これですよ。下宿屋にはあんまり屏風なんて備えてありませんし、あなたは斎藤の外には別段親しいお友達もない様ですから、これはさしずめ老婆の座敷の屏風が、何かの理由で特別に深い印象になって残っていたのだろうと想像したのですよ」

蕗屋は一寸驚いた。それは確かにこの弁護士のいう通りに相違なかった。でも、彼は昨日どうして屏風なんてことを口走ったのだろう。そして、不思議にも今までまるでそれに気付かないとは、これは危険じゃないかな。併し、どういう点が危険なのだろう。あの時彼は、その傷跡をよく検べて、何の手掛りにもならぬことを確めて置いたではないか。なあに、平気だ平気だ。彼は一応考えて見てやっと安心した。

ところが、ほんとうは、彼は明白すぎる程明白な大間違をやっていたことを少しも気がつかなかったのだ。

「嗯，完全可以。隨時恭候您的召喚。」

蕗屋頗為自得，應允了他深信是律師的這位男子的要求。

「真是太感謝了。」明智撓了撓一頭亂糟糟的長髮，愉快地說道。這是他略感興奮時養成的一種習慣。「其實呢，一開始我就估摸你肯定清楚屏風的事情。為甚麼這麼說呢。這份昨天聯想測試的記錄中，針對『繪畫』的提問，你的回答比較獨特，是『屏風』。這就對了。租屋裡不大會擺放屏風這種東西。除了齋藤，你似乎也並無特別親密的朋友，可以想像這是老婦房間裡的屏風，因某種理由給你留下了相當深刻的印象。」

蕗屋微微詫異了一下。事實正如這位律師所言。但自己昨天為何會說漏嘴回答甚麼屏風的呢。而且，匪夷所思的是直到現在一點兒都未察覺到，這也太兇險了吧。不過，到底甚麼地方危險呢。當時，自己仔細檢查過那處破損，吃準肯定不會成為破案線索的。唉，沒事沒事。他這麼思量着，總算讓自己放下了心來。

然而，其實蕗屋根本沒有覺察到，他已然犯下了一個明顯得不能再明顯的錯誤。

「なる程、僕はちっとも気付きませんでしたけれど、確かにおっしゃる通りですよ。却々鋭い御観察ですね」

蕗屋は、あくまで無技巧主義を忘れないで平然として答えた。

「なあに、偶然気付いたのですよ」弁護士を装った明智が謙遜した。「だが、気付いたと云えば実はもう一つあるのですが、イヤ、イヤ、決して御心配なさる様なことじゃありません。昨日の聯想試験の中には八つの危険な単語が含まれていたのですが、あなたはそれを実に完全にパスしましたね。実際完全すぎた程ですよ。少しでも後暗い所があれば、こうは行きませんからね。その八つの単語というのは、ここに丸が打ってあるでしょう。これですよ」といって明智は記録の紙片を示した。「ところが、あなたのこれらに対する反応時間は、外の無意味な言葉よりも、皆、ほんの僅かずつではありますけれど、早くなってますね。例えば、『植木鉢』に対して『松』と答えるのに、たった〇・六秒しかかかってない。これは珍らしい無邪気さですよ。この三十箇の単語の内で、一番聯想し易いのは先ず『緑』に対する『青』などでしょうが、あなたはそれにさえ〇・七秒かかってますからね」

蕗屋は非常な不安を感じ始めた。この弁護士は、一体何の為にこんな饒舌を弄しているのだろう。

好意でかそれとも悪意でか。何か深い下心があるのじゃないかしら。彼は全力を傾けて、その意味を悟ろうとした。

「是這樣啊。我自己倒一點兒都沒發覺。確實就像您所說的那樣。您這觀察力可真是相當敏鋭啊。」

蕗屋仍舊秉承非技巧主義，自如地回答道。

「哪裡哪裡。偶然發現而已。」佯裝成律師的明智謙虛了一番，「不過，説到發現，其實還有件事情。不是，不是，絕不是令你擔驚受怕的事情。昨天的聯想測試中包含了八個危險詞。你可全都順利過關了，甚至稍有點完美過頭的感覺。若在背後居心叵測，心懷鬼胎，應該不會那麼圓滿吧。那八個詞，都在這裡畫了圈。就是這個。」明智説着將記錄紙遞給蕗屋看。「不過，與那些毫無意義的詞語相比，你回答這些詞時的反應時間，每個都變快了，雖然都只快了一丁點兒。比方説，提問『花盆』，回答『松樹』，只花了 0.6 秒。這種直率可不多見。這三十個詞語中，最不費吹灰之力，容易聯想的首先是『綠色』對『藍色』吧。就連這你都花了 0.7 秒呢。」

蕗屋開始感到分外不安。這個律師，究竟為了何種目的如此囉唆，幾次三番提到這件事情呢。

到底是出於好意還是暗含惡意呢。難道是有甚麼圖謀不成。他竭盡全力，想要探究出其中的真實意圖。

「『植木鉢』にしろ『油紙』にしろ『犯罪』にしろ、その外、問題の八つの単語は、皆、決して『頭』だとか『緑』だとかいう平凡なものよりも聯想し易いとは考えられません。それにも拘らず、あなたは、その難しい聯想の方を却って早く答えているのです。これはどういう意味でしょう。僕が気づいた点というのはここですよ。一つ、あなたの心持を当てて見ましょうか、エ、どうです。何も一興ですからね。併し若し間違っていたら御免下さいよ」

蕗屋はブルッと身震いした。併し、何がそうさせたかは彼自身にも分らなかった。

「あなたは、心理試験の危険なことをよく知っていて、予め準備していたのでしょう。犯罪に関係のある言葉について、ああ云えばこうと、ちゃんと腹案が出来ていたんでしょう。イヤ、僕は決して、あなたのやり方を非難するのではありませんよ。実際、心理試験という奴は、場合によっては非常に危険なものですからね。有罪者を逸して無辜のものを罪に陥れることがないとは断言出来ないのですからね。ところが、準備があまり行届き過ぎていて、勿論、別に早く答える積りはなかったのでしょうけれど、その言葉丈けが早くなって了ったのです。これは確かに大変な失敗でしたね。あなたは、ただもう遅れることばかり心配して、それが早過ぎるのも同じ様に危険だということを少しも気づかなかったのです。尤も、その時間の差は非常に僅かずつですから、余程注意深い観察者でないと

「無論是『花盆』抑或『油紙』還是『犯罪』以及其他的，作為問題的八個詞語，全都不像『頭部』或者『綠色』這等平淡無奇的詞語來得容易聯想。然而，你反倒能更快地聯想出難度更高的詞語。這意味着甚麼呢。我注意到的地方就在這裡。怎麼樣，我來猜猜你的心思吧。哎，如何？無非是大家高興下。不過，若是說錯了還望海涵。」

蕗屋激靈靈渾身打了個冷戰。然而，他自身並未搞明白究竟因何會有如此反應。

「你，完全知曉心理測試的風險，事前做過準備了吧。那些與兇案相關的詞語，如何問如何答，心中早已謀劃好對付的計策了吧。不，我絕非責難你的做法。其實呢，心理測試這東西，在某些情況下是具有相當大的風險的。很難保證不會讓有罪者逃之夭夭，而讓無辜者蒙受冤屈。但是呢，你的準備太過於周全。當然，你可能並未打算回答得如此之快。只是在那些詞語出現之時加快了速度。此乃相當大的破綻。你，只是顧忌不要顯得遲疑，卻根本未意識到過快同樣是椿具有風險之事。不過，每個詞的時間差均極小，若非觀察敏銳者估計根本不會意識到這個細節。總之，人為之事，必然會在某處出現破綻。」明智之所以對蕗屋產生懷疑，證據別無其他，只此一點。「然而，你為何會選擇『錢財』呀、『謀殺』呀、『隱藏』等易受懷疑的詞語來回答。顯而易見，那正是你故意表現出來的直率。你是謀殺犯的話，斷然不會聽到『油

うっかり見逃して了いますがね。兎に角、拵え事というものは、どっかに破綻があるものですよ」明智の蕗屋を疑った論拠は、ただこの一点にあったのだ。「併し、あなたはなぜ、『金』だとか『人殺し』だとか『隠す』だとか、嫌疑を受け易い言葉を選んで答えたのでしょう。云うまでもない。そこがそれ、あなたの無邪気な所ですよ。若しあなたが犯人だったら、決して『油紙』と問われて『隠す』などとは答えませんからね。そんな危険な言葉を平気で答え得るのは何等やましい所のない証拠ですよ。ね、そうでしょう。僕のいう通りでしょう」

蕗屋は話手の目をじっと見詰めていた。どういう訳か、そらすことが出来ないのだ。そして、鼻から口の辺にかけて筋肉が硬直して、笑うことも、泣くことも、驚くことも、一切の表情が不可能になった様な気がした。

無論口は利けなかった。もし無理に口を利こうとすれば、それは直ちに恐怖の叫声になったに相違ない。

「この無邪気なこと、つまり小細工を弄しないということが、あなたの著しい特徴ですよ。僕はそれを知ったものだから、あの様な質問をしたのです。エ、お分りになりませんか。例の屏風のことです。僕は、あなたが無論無邪気にありのままにお答え下さることを信じて疑わなかったのですよ。実際その通りでしたがね。ところで、笠森さんに伺いますが、問題の六歌仙の屏風は、いつあの老婆の家に持込まれたのですかしら」

紙』而回答『隱藏』的。輕鬆自如地回答出如此危險的詞語，不正說明心中無愧嘛。如何？沒錯吧。正如我所說的吧。」

蕗屋死死地盯住明智小五郎。不知為何，他竟然無法將目光移開。接着，鼻子到嘴巴周圍的肌肉逐漸僵硬，既不能故作訕笑，亦難以自傷悲泣，又無法驚愕失色，感覺無論甚麼表情都無法表達出來。

口自然也開不了。若是一定要張嘴講話，那必然立刻就會變為慘厲可怖的嚎叫。

「所謂直率，也就是不要小心機，是你最顯著的特點。正因我注意到了這點，所以才問了那些問題。哎，你搞清楚了嗎？就是那扇屏風。我，毫不懷疑，你必然會直率地按照真實情況回答我的。果真如此。不過，我想問問笠森先生，六歌仙的屏風是何時搬到老婦宅中的？」

明智はとぼけた顔をして、判事に聞いた。

「犯罪事件の前日ですよ。つまり先月の四日です」

「エ、前日ですって、それは本当ですか。妙じゃありませんか、今蕗屋君は、事件の前々日即ち三日に、それをあの部屋で見たと、ハッキリ云っているじゃありませんか。どうも不合理ですね。あなた方のどちらかが間違っていないとしたら」

「蕗屋君は何か思い違いをしているのでしょう」判事がニヤニヤ笑いながら云った。

「四日の夕方まではあの屏風は、そのほんとうの持主の所にあったことが、明白に判っているのです」

明智は深い興味を以て、蕗屋の表情を観察した。それは、今にも泣き出そうとする小娘の顔の様に変な風にくずれかけていた。

これが明智の最初から計画した罠だった。彼は事件の二日前には、老婆の家に屏風のなかったことを、判事から聞いて知っていたのだ。

「どうも困ったことになりましたね」明智はさも困った様な声音で云った「これはもう取返しのつかぬ大失策ですよ。なぜあなたは見もしないものを見たなどと云うのです。あなたは事件の二日前から一度もあの家へ行っていない筈じゃありませんか。殊に六歌仙の絵を覚えていたのは、致命傷ですよ。恐らくあなたは、ほんとうのことを云おう、ほんとうのことを云おうとして、つい嘘をついて了ったの

明智裝出副毫不知情的神色，轉而問法官。

「兇案發生前一天。也就是上個月四號。」

「哎？前一天，真的？怪哉怪哉。剛才蕗屋還清清楚楚地説道，兇案的兩天前，也就是三號，在裡間看到屏風了嘛。聽上去不太合理吧。如果你們兩人中哪位弄錯了的話。」

「是蕗屋君的記憶出了問題吧。」法官狡黠地笑着説道。

「事情很清楚，四號傍晚時分之前，那扇屏風都放置在其真正的主人那裡。」

明智饒有興味地注視着蕗屋的表情。好似正要垂淚啜泣的小姑娘般，蕗屋整張臉怪異地扭曲着。

這正是明智開始時設計好的陷阱。他已從法官那裡得知，兇案發生的兩天前，老婦家中並無屏風一事。

「哎呀，這就讓人想不通啦。」明智用種頗為懊惱的聲音説道，「這可是無可挽回的，大大的失策啊。為何你説看到過根本不可能看到的東西？兇案發生兩天前去過那所宅子之後，你不是一次都未再踏進去過嗎？尤其説記住了那幅六歌仙的畫，那可是致命傷。估計你是在想，要講真話，要講真話，一不小心卻變成了謊話。怎樣，是吧。兇案發生的兩天前進到裡間的時候，你注意過那裡是否擺放了屏風？當然沒

でしょう。ね、そうでしょう。あなたは事件の二日前にあの座敷へ入った時、そこに屏風があるかないかという様なことを注意したでしょうか。無論注意しなかったでしょう。実際それは、あなたの計画には何の関係もなかったのですし、若し屏風があったとしても、あれは御承知の通り時代のついたくすんだ色合で、他の色々な道具類の中で殊更ら目立っていた訳でもありませんからね。で、あなたが今、事件の当日そこで見た屏風が、二日前にも同じ様にそこにあっただろうと考えたのは、ごく自然ですよ。それに僕はそう思わせる様な方法で問いかけたのですものね。これは一種の錯覚見たいなものですが、よく考えて見ると、我々には日常ザラにあることです。併し、もし普通の犯罪者だったら決してあなたの様には答えなかったでしょう。彼等は、何でもかんでも、隠しさえすればいいと思っているのですからね。ところが、僕にとって好都合だったのは、あなたが世間並みの裁判官や犯罪者より、十倍も二十倍も進んだ頭を持っていられたことです。つまり、急所にふれない限りは、出来る丈けあからさまに喋って了う方が、却って安全だという信念を持っていられたことです。裏の裏を行くやり方ですね。そこで僕は更らにその裏を行って見たのですよ。まさか、あなたはこの事件に何の関係もない弁護士が、あなたを白状させる為に、罠を作っていようとは想像しなかったでしょうね。ハハハハハ」

蕗屋は、真青になった顔の、額の所にビッショリ汗を

注意吧。因為那和你的計劃毫無關聯。即便有屏風，你也知道，那種帶有年代感的、黯淡的色調，夾雜在其他物品中並不格外顯眼。兇案當天看到的屏風，兩天前也應該同樣是擺放在那裡的。你剛才那樣想完全順理成章。而且，就是為了讓你那樣想，我才故意這麼問的。這是種類似錯覺般的感覺，但仔細想想，生活中這種感覺其實相當普遍。然而，一般的罪犯斷然不會如你這般回答問題。那些傢伙，任何事情，認為只要能隱瞞事實便萬事大吉了。不過，對我來說值得慶幸的是，與世間一般的法官或罪犯相比，你擁有十倍、二十倍過人的頭腦。也就是說，你相信，只要不觸及要害之處，其他情況盡可能光明正大坦白的話，反倒太平無事。正所謂大巧若拙、大謀不謀啊。可我更是又繞到你背後再探究了一番。你絕然未料到，與此案毫無關聯的律師，為了讓你吐出真相，竟然會挖掘出如此一個陷阱吧。哈哈哈哈哈！」

蕗屋鐵青着臉，額頭上迸滿汗珠，一聲不吭。事已至此，

浮かせて、じっと黙り込んでいた。彼はもうこうなったら、弁明すればする丈け、ボロを出す許りだと思った。

　彼は、頭がいい丈けに、自分の失言がどんなに雄弁な自白だったかということを、よく弁えていた。彼の頭の中には、妙なことだが、子供の時分からの様々の出来事が、走馬燈の様に、めまぐるしく現れては消えた。

　長い沈黙が続いた。

「聞えますか」明智が暫くしてから云った。「そら、サラサラ、サラサラという音がしているでしょう。あれはね。最前から、隣の部屋で、僕達の問答を書きとめているのですよ。……君、もうよござんすから、それをここへ持って来て呉れませんか」

　すると、襖が開いて、一人の書生体の男が手に洋紙の束を持って出て来た。

「それを一度読み上げて下さい」

　明智の命令に随って、その男は最初から朗読した。

「では、蕗屋君、これに署名して、拇印で結構ですから捺して呉れませんか。君はまさかいやだとは云いますまいね。だって、さっき、屏風のことはいつでも証言してやると約束したばかりじゃありませんか。尤も、こんな風な証言だろうとは想像しなかったかも知れないけれど」

他覺得無論再作何辯解，都只會讓自己更漏洞百出。

蕗屋頭腦過人，因此他很清楚，自身的失言已然成為最有力的供述。令人匪夷所思的是，此時此刻，孩提時代的種種往事如同走馬燈般，在他腦海中快速迴旋，浮現又隱沒。

長時間的沉默。

「聽得到嗎？」明智停了一會兒後説道，「你聽，有否聽到沙沙、沙沙之聲？在旁邊的房間裡，從一開始便有人將我們的談話記錄下來了。……好，可以了，請把記錄拿到這裡來吧？」

接着，紙拉門被打開後，一個學生模樣的男子手中攥着一沓洋紙稿[①]走了出來。

「請把這個念一遍。」

按明智之命，男子從開頭將紙上的內容念了一遍。

「那麼，蕗屋，在這裡簽上字吧。然後用拇指即可，再按上指印。你應該不會拒絕吧。這不，就剛才還信誓旦旦，説無論何時都能為屏風之事作證的嘛。不過，也許你萬萬沒料到會以此種形式作證。」

---

① 洋紙，指明治初年由西洋引進的機械製造的紙張。與當時手工製造的和紙有所區別。

蕗屋は、ここで署名を拒んだところで、何の甲斐もないことを、十分知っていた。彼は明智の驚くべき推理をも、併せて承認する意味で、署名捺印した。そして、今はもうすっかりあきらめ果てた人の様にうなだれていた。

「先にも申上げた通り」明智は最後に説明した。「ミュンスターベルヒは、心理試験の真の効能は、嫌疑者が、ある場所、人又は物について知っているかどうかを試す場合に限って確定的だといっています。今度の事件で云えば、蕗屋君が屏風を見たかどうかという点が、それなんです。この点を外にしては、百の心理試験も恐らく無駄でしょう。何しろ、相手が蕗屋君の様な、何もかも予想して、綿密な準備をしている男なのですからね。それからもう一つ申上げ度いのは、心理試験というものは、必ずしも、書物に書いてある通り一定の刺戟語を使い、一定の機械を用意しなければ出来ないものではなくて、今僕が実験してお目にかけた通り、極く日常的な会話によってでも、十分やれるということです。昔からの名判官は、例えば大岡越前守という様な人は、皆自分でも気づかないで、最近の心理学が発明した方法を、ちゃんと応用しているのですよ」

蕗屋完全知道，此處即便拒絕簽字，亦毫無意義。帶着對明智令人歎為觀止的推理的臣服，蕗屋簽完字並按好了指印。這一着不慎，滿盤皆輸之人，如今只得癱在那裡，垂頭喪氣。

「方才已談到過這點。」明智開始做最後的説明，「明斯特伯格曾指出，對於心理測試的真實效果，僅限於能準確地判斷出嫌疑人對地點、人物、器具等的了解程度。這件案子中，蕗屋是否曾經看到過屏風這點，即為上述情況。除此之外，無論實施多少次心理測試均毫無意義。正因蕗屋是個對任何事情都會預判，會進行周密準備之人。接下去，容我再説一事。心理測試這東西，並非如書本上寫的，不使用一定的刺激語，或一定的器械便無法實施。就像現在大家所看到的，通過極為自然的日常會話亦可充分進行。從前的名法官，比方説，像大岡越前守[①]這樣的人，都是運用了最近心理學才發明的方法破的案，而當時自己則未曾意識到。」

---

① 大岡忠相，江戶中期的幕府大臣，曾擔任江戶地區地方官，稱越前守。執掌行政、司法、警察、消防等。以司法公正著稱。

譯者解讀

走上職業作家道路的里程碑式作品
—— 江戶川亂步與《心理測試》

江戶川亂步無須多做介紹，「日本推理小說之父」的名頭早已如雷貫耳，響徹雲霄。

《心理測試》發表於 1925 年 2 月的《新青年》雜誌。與前一月在同雜誌上發表的《D 坡殺人事件》是亂步早期本格派的代表之作。

亂步筆下名滿天下的私家偵探明智小五郎繼《D 坡殺人事件》後，在《心理測試》中再度登場。但「本故事離《D 坡殺人事件》已過了數年，他已然並非以前的一介書生了」。明智小五郎是亂步信手偶成的業餘偵探。其形象乃是個二十五歲左右，無固定職業的「高等遊民」[①]。雖窮困潦倒，不修邊幅，但酷愛偵探小說，思維敏捷、機智過人。亂步原本並未打算讓這個形象在小說中多次登場，形成系列，《D 坡殺人事件》大

① 「高等遊民」指在大學接受過高等教育，但沒有經濟壓力，只靠讀書過日子的人，在明治時期至昭和初期被廣泛使用。

獲成功後，決定在《心理測試》中再度起用。但這時的明智小五郎已經「面對各類疑難案件，屢屢發揮其卓越才智，令辦案專家，乃至社會上下，均對其刮目相看，歎服不已」。由此，明智小五郎成為亂步作品中固定的偵探形象，接連在之後的小說《黑手幫》《幽靈》《閣樓散步者》中出現，去過上海（《一寸法師》），到過印度（《蜘蛛男》）。之後也一直活在江户川亂步的推理作品之中，無案不破，所向披靡。與横溝正史筆下的金田一耕助一起，成為當時推理小説迷們無人不知無人不曉的兩大偵探形象。

《心理測試》中亂步使用了先揭露真兇，後偵破罪案的敘事手法，前半部首先公開了案犯蕗屋清一郎謀殺老婦的罪行，後半部再由對心理學頗有研究、擅長通過心理測試（類似於測謊）揭露犯罪事實的笠森法官對嫌犯實施測試，然而工於心計的蕗屋善佈迷局，使得老謀深算的笠森也一度深陷其中，不得其解。最後，明智小五郎翩然登場，畢竟天網恢恢疏而不漏，一番唇槍舌劍的犀利交鋒之後，真兇頹然落網，束手就擒。

正如小説題名所示，亂步在這篇小説中運用了心理學知識，比如被稱之為「應用心理學之父」、出生於德國的著名心理學家雨果·明斯特伯格（Hugo Munsterberg）的「聯想測試」理論。同時，亂步也借明智小五郎之口，提到了西班牙法學家、犯罪學研究者德·奇羅斯對明斯特伯格所創心理測試的批判。心理學知識的運用，凸顯這篇小說的專業性，是不折不扣的本格派推理作品。

亂步在回顧自己作家生涯的著作《偵探小說四十年》中回憶《心理測試》的創作時，談到曾為設計故事情節大傷腦筋。煩惱之際，重新閱讀俄國作家陀思妥耶夫斯基的代表作《罪與罰》，無意間被主人公拉斯柯爾尼科夫謀殺老婦的情節所啟發，才得以順利地完成了整篇小說的創作。

亂步自述在創作上曾深受兩位作家的影響，一位是谷崎潤一郎，另一位則是陀思妥耶夫斯基。亂步二十出頭，還在造船廠工作時，曾閱讀新潮社出版的翻譯叢書，其中《罪與罰》與《卡拉馬佐夫兄弟》是「一口氣讀完。並受到了比谷崎潤一郎作品更大的衝擊」(《谷崎潤一郎與陀思妥耶夫斯基》)。陀思妥耶夫斯基所描繪的人物內心深處充滿哲學內涵的心理活動令亂步為之動容。之後亂步也閱讀了大量的外國文學，雖然也為歌德、司湯達或是布爾熱、紀德所傾倒，但從中所獲得的感動均未超越陀思妥耶夫斯基的作品。

除了早期本格派代表作品的光環，《心理測試》還可說是江戶川亂步作為推理小說作家的里程碑式的作品，在亂步整個作家生涯中頗具特殊的紀念意義。

《新青年》主編森下雨村曾將亂步的處女作《二錢銅幣》交

由偵探小說家小酒井不木評定。小酒井對這篇作品大為讚賞，並極力向森下推薦了這位文壇新人。由此亂步才得以在推理小說界嶄露頭角。對這位引領自己走上文壇的前輩伯樂，亂步始終心懷感激，尊其為師，並視為自己的精神支柱。《偵探小說四十年》中，亂步回憶道，創作完《心理測試》後，曾將原稿交由小酒井不木評閱，並向其徵詢自己是否具備從事專業寫作的能力。在得到小酒井的肯定後，亂步遂決定走上職業作家的道路。

當時，更換職業必須得到父親的首肯。某夜，亂步在父母面前朗讀了《心理測試》。父親聽後頗為讚許。亂步趁機將《新青年》上登載的評論家對推理小說的讚美文章逐篇解說一番後，表達了自己渴望成為職業作家的意願。亂步父親從事過多種職業，生活經驗豐富，性格豁達開朗，不是個保守之人，聽後當即表示了應允。父親的支持，更加堅定了亂步從事職業寫作的信心。

由此，「日本推理小說之父」正式誕生，並引領眾多小說家開創了戰前推理小說的輝煌時代。

琥珀のパイプ

甲賀三郎

私は今でもあの夜の光景を思い出すとゾットする。それは東京に大地震があって間もない頃であった。

その日の午後十時過ぎになると、果して空模様が怪しくなって来て、颱風の音と共にポツリポツリと大粒の雨が落ちて来た。其の朝私は新聞に「今夜半颱風帝都に襲来せん」とあるのを見たので役所にいても終日気に病んでいたのだが、不幸にも気象台の観測は見事に適中したのであった。気に病んでいたと云うのは其の夜十二時から二時まで夜警を勤めねばならなかったからで、暴風雨中の夜警と云うものは、どうも有難いものではない。一体この夜警という奴は、つい一月許り前の東都の大震災から始まったもので、あの当時あらゆる交通機関が杜絶して、いろいろの風説が起った時に、焼け残った山ノ手の人々が手に手に得物を持って、所謂自警団なるものを組織したのが始まりである。

琥珀煙斗

甲賀三郎

至今，我回憶起那夜的情景，依然不寒而慄。那事兒發生於關東大地震[①]不久之後。

那天晚上十點過後，天氣果然開始變壞起來。伴隨着颱風的呼嘯聲，豆大的雨點滴答滴答地掉落下來。當天早晨，我從報上看到「今夜颱風來襲帝都」的消息，在機關裡整整一天都有點焦躁不安。不幸的是氣象台的天氣預報精準命中。焦躁不安的原因，是因當天夜裡十二點到兩點之間，我必須承擔夜班民防的執勤工作。暴風雨中的夜班民警，可不是甚麼令人豔羨的好差事。這差事，始於一個月前剛發生的關東大地震。那會兒所有的交通運輸部門均處於癱瘓狀態，各式各樣的流言蜚語被散佈開來，未被完全燒毀的城中高地的居民們各自手執稱手的兵器，開始組織起自警團。

① 1923 年 9 月 1 日午時發生的強烈地震。

白状するが、私はこの渋谷町の高台から遙に下町の空に、炎々と漲ぎる白煙を見、足許には道玄坂を上へ上へと逃れて来る足袋はだしに、泥々の衣物を着た避難者の群を見た時には、実際この世はどうなる事かと思った。そうしていろいろの恐しい噂に驚かされて、白昼に伝家の一刀を横えて、家の周囲を歩き廻った一人である。

さてこの自警団は幾日か経ってゆく内に、漸く人心も落ち着いて来て、何時か兇器を持つ事を禁ぜられ、やがて昼間の警戒も廃せられたが、さて夜の警戒と云うものは中々止めにならないのである。つまり自警団がいつか夜警団となった訳で幾軒かのグループで各戸から一人宛の男を出し、一晩何人と云う定めで、順番にそのグループの家々の周囲を警戒するので、後には警視庁の方でも廃止を賛成し、団員のうちでも随分反対者があったのであるが、投票の結果は何時も多数で存続と定まるものである。私の如きも××省の書記を勤め、もうやがて恩給もつこうと云う四十幾つの身で、家内のほかに男とてもなし、頗る迷惑を感じながら、凡そ一週間に一度は夜中に拍子木を叩かねばならないのであった。

さてその夜の話である。十二時の交替頃から暴風雨はいよいよ本物になって来た。私は交替時間に少し遅れて出て行くともう前の番の人は帰った後で、退役陸軍大佐の青木進也と、新聞記者と自称する松本順三と云う青年との二人が、不完全な番小屋に外套を着たまま腰をかけて待っ

坦白地說，當我從澀谷町的高地上遙望低窪地帶的天空，遠眺那滾滾翻湧的白色煙霧，眼瞅着腳底沿着道玄坡[①]朝上一路奔逃而來的逃難的人群，他們跑丟了鞋，只剩下襪子，衣衫淩亂、污穢不堪。這一切令我無法想像這世界將變成何種模樣。種種駭人聽聞的傳言令人不由得心驚膽寒，因之我也手執家傳寶刀，成為白天圍繞家宅巡邏者中的一員。

自警團活動了幾天之後，人心漸趨安寧，不知何時開始禁止攜帶武器，不久之後還解除了白晝的巡邏，不過夜晚的巡邏卻一直未被取消。也就是說自警團逐漸變成了夜警團，幾家人組成小組，各家派出一名男子，規定一晚上派多少人，按順序以小組在各家各戶的家宅周圍巡邏警戒。此後，警視廳贊成取消這種形式，團員中也有強烈反對夜警團者，然而，投票表決的結果卻總是因多數人支持而決定把這形式延續下去。我的工作是某某省的秘書，四十好幾了，很快便可領取退休金，家中除了妻子再無其他男子，類似我這樣的人對這事情雖說頗為反感，但基本上一週必須執勤一次，得在深更半夜敲着梆子巡邏。

事情發生於當天夜晚。十二點換班時，暴風雨動起了真格兒，下得愈發猛烈起來。我比換班時間到得稍晚了點，上個班的人已經回去了。退伍的陸軍大佐青木進也和自稱是報

---

① 澀谷的一處地名。

ていた。この青木と云うのは云わばこの夜警団の団長と云う人で、記者は――多分探訪記者であろう――私の家の二三軒さきの家へ下町から避難して来ている人であった。夜警団の唯一の利益と云うべきものは、山ノ手の所謂知識階級と称する、介殻――大きいのは栄螺位、小さいのは蛤位の――見たいな家に猫の額よりまだ狭い庭を垣根で仕切って、隣の庭がみえても見えない振りをしながら、隣同志でも話をした事のないと云う階級の、習慣を破って兎に角一区画内の主人同志が知り合いになったと云う事と、それに各方面から避難して来ている人々も加わって来るので、いろいろの職業に従事している人々から、いろいろの知識が得られると云う事であろう、――然しこの知識はあまり正確なものではないので後には「ああ夜警話か」と云ったような程度で片付けられるようになったが。

青木は年輩は私より少し上かと思われる人だが、熱心な夜警団の支持者で、兼ねて軍備拡張論者である。松本は若い丈けに夜警団廃止の急先鋒、軍備縮小論者と云うのであるから、耐らない。三十分置きに拍子木を叩いて廻る合間にピュウビュウと吹き荒んでいる嵐にも負けないような勢で議論を闘わすのであった。

「いや御尤もじゃが」青木大佐は云った。「兎に角あの震災の最中にじゃ、竹槍や抜刀を持った自警団の百人は、五人の武装した兵隊に如かなかったのじゃ」

「それだから軍隊が必要だとは云えますまい」新聞記者は

社記者的年輕人松本順三，穿着外套在簡陋的當班小屋中坐着等我。青木說起來算是這個夜警團的團長，記者嘛——估計是那種專門跑現場的記者——就住在離我家兩三棟房子前面，是從老城區避難來的。夜警團唯一可稱之為好處的便是，住在城中高地的那些所謂的知識分子，也就是住在被稱之為貝殼——大的如海螺般、小的只有蛤蜊大小的宅子裡，相隔着巴掌大小的，用圍欄圍起的院子，明明看得着鄰家庭院卻佯裝不見，跟鄰居連話都未搭過的那種階級。他們能打破陳規陋習，同個街坊裡的男主人們能相互結識。還有嘛，各個地方避難來的人們也加入進來，可以從形形色色的職業裡獲取多種多樣的信息。不過這些信息並不很準確，最多也就「哦，夜警團裡聽來的啊」之類的程度而已。

青木看起來年紀比我稍長，既是夜警團熱忱的擁躉者，同時又是個擴張軍備論者。松本因其年輕，是贊同解散夜警團的排頭兵，是個縮減軍備論者。與如此兩人相伴，令我頗為困擾。我們相隔三十分鐘即需敲着梆子四處轉悠，在這之間兩人每每展開激烈爭論，其仗勢與呼嘯凜冽的朔風相比，可說有過之而無不及。

「挺有道理的嘛。」青木大佐說道，「但不管怎麼說，那場大地震中，提着竹槍跟日本刀的一百個自警團員，連五個武裝軍人都比不了。」

「但這也不足以說明非要軍隊不可。」報社記者答道，「就

云った。「つまり今迄の陸軍はあまりに精兵主義で、軍隊だけが訓練があればよいと思っていたのです。我々民衆は余りに訓練がなかった。殊に山ノ手の知識階級などは、口ばかり発達していてお互に人の下につく事を嫌がり、全で団体行動など出来やしない。自警団が役に立たないと云う事と、軍隊が必要であると云う事は別問題です」

「然し、いくら君でも、地震後軍隊の働いた事は認めるじゃろう」

「そりゃ認めますとも」青年は云った。「けれども、その為に軍備縮少は考えものだなんて云う議論は駄目ですよ。一体今度の震災で物質文明が脆くも自然に負かされたと云う議論があるようだが、以っての外の事です。吾人の持っている文化は今度の地震位で破壊せられるものじゃありませんよ。現にビクともしないで残っている建物があるじゃありませんか、吾人の持っている科学を完全に適用さえすれば、或程度まで自然の暴虐に堪える事が出来るのです。吾人は本当の文化を帝都に布かなかったのです。恐らく日露戦役後に費やされた軍備費の半が、帝都の文化施設に費われていたら、帝都も今回のような惨害は受けなかったでしょう。もうこの上は軍備縮小あるのみですよ」

私は青年のこの大議論を、うとうとと暴風雨の音とチャンポンに聞きながら、居眠りをしていた。所が突然青木の大きな声が聞えたのでスッカリ眼を醒まされた。

「いや、どうあっても夜警団を廃する事は出来ない。殊に

是說，到目前為止，陸軍太注重精兵主義，認為只要軍隊得到訓練足矣。我們民眾卻未得到訓練。尤其是山手地區的知識分子階層等，只有能耐動嘴皮子，相互之間卻不願居於人之下，受命於人，根本沒法集體行動。自警團不起作用，和軍隊的必要性是兩碼事兒。」

「不過，就連你也不得不承認，地震之後軍隊發揮了作用吧。」

「這我認可。」年輕人答道，「然而，以此即認為需重新考慮縮減軍備問題，這種觀點是錯誤的。有種論調認為此次地震表明，物質文明何其脆弱，潰敗於自然之力，但這完全是兩回事情。我們的文化並不因此次的區區地震即慘遭毀壞。現今不是仍有巍然屹立不動的建築嘛。動用我們所擁有的科學力量，相信是可以抵擋自然之暴虐的。我們未將文化之精髓施用於帝都。只需將日俄戰爭後所費軍備費用的一半，用於帝都文化設施的建設，則帝都不會慘遭如此之打擊。這樣看來，唯有縮減軍備，別無他途。」

我迷迷糊糊地聽着年輕人那夾雜在暴風驟雨聲中的鴻篇大論，漸漸打起盹兒。突然間耳邊傳來青木大喊大叫的聲音，又徹底被吵醒了。

「不行，不管甚麼理由，就是不能取消夜警團。先姑且

じゃ善悪は兎に角、どの家でも犠牲を払って夜警を勤めているのに、福島と云う奴は怪しからん奴じゃ。あんな奴の家は焼き払って仕舞うがよい」

大佐は夜警問題で又松本にやり込められたのであろう。その余沫を、いつも彼の嘲罵の的になっている福島と云う青木の家と丁度背中合せで、近頃新築した可成り大きい家の主人に向けたものらしかった。

私は吃驚して、喧嘩にでもなれば仲裁に出ようかと思っていると、松本の方で黙って仕舞ったので何事も起らなかった。

そして一時三十五分過ぎ、二人は私を小屋に残して最後の巡回に出かけた。暴風雨は正に絶頂に達したかと思われた。

一時五十分 —— なぜこんなに精確に時間を覚えているかと云うと、小屋には時計があって、外に仕事がないので何かあるときっと時計をみるからである —— 拍子木を叩きながら松本一人が小屋に帰って来た。聞けば青木は一寸家に寄って来ると云うので、彼の家の前で別れたそうであった。二時に青木が帰って来た。間もなく次の番の人達がやって来たので、暫く話してから私と松本は番小屋から左へ、青木は右へと別れたのである。私達が丁度自宅の前辺り迄来た時に、遥かに吹き荒ぶ嵐の中から人の叫声を聞いたと思った。

二人は走り出した。番小屋の人も走り出した。見ると青

不論甚麼好甚麼壞，哪家都做出了犧牲，派人來夜警值勤。只有福島那傢伙真是豈有此理。起把火讓那傢伙的宅子燒掉才好。」

大佐在夜警的問題上又被松本嗆着了吧。怒氣的餘波則指向一貫是其嘲諷謾罵對象的福島。福島家和青木家恰好背對背，是棟最近剛剛造好的挺大的宅院。

我嚇了一跳，想着如果要吵起來的話得勸勸架。不過，松本一聲未吭，因此也就沒發生甚麼。

一點三十五分過後，兩人將我留在小屋裡，開始出去最後一輪巡邏。這時候的暴風驟雨看起來已然達到了最為猛烈的程度。

一點五十分 —— 為何會把時間記得如此精確呢？是因為小屋裡有鐘，加上又無其他工作，一有甚麼風吹草動就會看看鐘 —— 松本一個人敲着梆子回到了小屋。他解釋道青木說要先回次家，兩人即在他家前面分開了。到了兩點，青木回到了小屋。過了不久，下個班的人來替班，大家稍微聊了會兒便告辭了。我和松本從當班小屋向左，青木則向右各自回家。我們兩人正巧來到自家門前時，從遠處洶湧呼嘯的狂風中傳來了喊叫聲。

我們兩人奔了過去。當班小屋中的人也跑了出來。只見

木大佐が夢中で火事だ!!と叫んでいる。私はふと砂糖の焦げるような臭を嗅いだ。砂糖が燃えたなと思った。我々は近所から駆けつけた人々と共に、予て備えつけてあるバケツに水を汲んで嵐の中を消火に力めた。

大勢の力で火は大事に至らずして消し止めたが、焼けたのは問題の福島の家であった。台所から発火したものらしく、台所と茶の間、女中部屋を焼き、座敷居間の方には全然火は及ばなかったのである。

働き疲れた人々は大事に至らなかった事を祝福しながら、安心の息をついていた。私は家内があまり静かなので、変に思って懐中電燈を照しながら、座敷の方へ這入って行くと、丁度居間との境とも思われる辺に、暗黒な塊が横わっていた。

電燈を照すと確かに一人の男であると云う事が判った。私は次の瞬間に思わずアッ！と声を挙げて二足三足後退したのである。死体だ！畳は滴る血汐でドス黒くなっている。

私の叫び声に、漸く火を消し止めてホッとしていた人々がドヤドヤと這入って来た。

人々の提灯によって、確にそれが惨殺せられた死体である事が明らかになった。誰一人近づくものはない。その中、誰かが高く掲げた提灯の光りで奥の間をみると、そこには既に寝床が設けられてあったが、一人の女と小さな子供が床の外へ這い出したような恰好で、倒れているのが見えた。間もなくそこに集った人々の口から、死者はこの家

青木大佐不顧一切地大叫着失火啦。我忽然聞到一股糖類的焦味。估計是砂糖燒起來了。我們與附近趕來的人們一起，用事先配備好的木桶打滿水，在狂風中全力滅火。

眾人齊心協力之下，火勢在變大前就被撲滅了。着火的偏偏就是之前所說的福島家。看上去火是從廚房燒起來的，廚房和飯廳、女傭房均被燒了，而客廳與起居室卻安然無恙。

大夥兒疲憊不堪，但幸好未出大事，相互之間告慰一番，總算鬆下了一口氣。我覺得屋子裡平靜得過於異常，便打着手電，朝客廳走了過去。就在客廳與起居室分界之處，橫臥着一團黑影。

用手電一照，看得出來是個男人橫躺在那裡。下個瞬間，我不由自主地啊地大叫一聲，往後直退了兩三步。是具死屍！榻榻米已被流淌出的血染成了紅黑色。

總算把火撲滅後，剛鬆了口氣的人們，聽到我的叫喊，聞聲蜂擁而至。一窩蜂地擠進了房間。

就着大家燈籠的光亮來看，眼前的的確確是具慘遭殺害的死屍。沒有一人上前看個究竟。有人將燈籠挑高，通過光線可以觀察到房間內部。那兒已鋪好了床鋪，一個女人和幼童看上去正要從床鋪裡掙扎着爬出來，倒臥在那裡。不一會兒，從大家的口中得知，死者是這家的看家人夫婦及幼兒。福島一家都回故里避難去了，只有男主人一人留守家中，不

の留守番の夫婦と、その子供である事が判った。福島の一家は全部郷里の方へ避難して仕舞い、主人だけは残っていたのであったが、それも何でも今日の夕方に郷里の方へ帰ったそうである。

私は斯う云う人々のささやきに聞き耳を立てながら、ふと死体の方を見ると、驚いた事には、いつの間にか松本がやって来て、まるで死体を抱きかかえるようにして調べているのであった。その調子が探訪記者として、馴れ切っていると云う風であった。

彼は懐中電燈を照しながら、奥の間へ這入り、尚も詳しく調べていた。私はその大胆さには全く敬服して仕舞った。

その中に夜も白々と明けて来た。

やがて松本は死体の方の調査がすんだと見えて、奥の間から出て来たが、私が側に居るのに目も呉れず、今度は居間の方を見廻した。私も彼の目を追いながら、いくらか明るくなって来た窓を見廻すと、気のついた事は隅の方の畳が一枚上げられ、床板が上げられていた。松本は飛鳥の様にそこへ飛んで行った。私も思わず彼の後を追った。

みると床板を上げた辺に一枚の紙片が落ちて居た。目敏くその紙片を見つけた松本は、一寸驚いた様子で、一度拾おうとしたが、急に止めて今度はポケットから手帳を出した。私はそっと彼の横から床の上の紙片を覗き込むと、何だか訳の判らない符号みたいなものが書いてあった。そ

過，他也已於今天傍晚回了老家。

聽着大家七嘴八舌地悄聲議論，我眼神不由得又轉向死屍。令我頗感意外的是，不知何時，松本也來到了屋裡，他幾乎是摟抱着死屍在進行檢查。作為一個現場記者，其動作顯得相當老練。

他打着手電，借着亮光，往裡間走去，繼續進行着細緻的檢查。我對他的膽量實在是敬佩得五體投地。

這樣那樣之中，夜空漸漸泛出了魚肚白。

過了一會兒，松本看來檢查完了屍體，從裡間走了出來。連正眼都未瞧一瞧就在身邊的我，繼續朝着起居室的方向巡視着。我也追尋着他的視線，朝着已有幾分光亮的窗口望去。發現角落裡有張榻榻米被抬了起來，其下用來鋪地的木板也被掀了開來。松本如同疾鳥一般衝了過去。我也不由自主地緊跟了上去。

我定睛一瞧，被掀開的鋪地木板附近有張紙片掉落在那裡。松本眼尖，看到那張紙片時，稍稍顯出詫異的神色。他原本想撿起紙片，卻忽然又打消了這個念頭，從口袋中掏出了記事本。我偷偷地從他身旁瞅了瞅掉在地上的紙片，上面畫着些個令人摸不着頭腦的記號之類的字樣。我又瞧了瞧他

れに彼の手帳を見ると、もう紙片と同じ符号がそこに写されているではないか。

「やあ、あなたでしたか？」私の覗いているのに気のついた松本は、急いで帳面を閉じながら云った。「どうです。火事の方を調べてみようじゃありませんか？」

私は黙って彼について焼けた方へ歩いた。半焼けの器物が無惨に散らばって、黒焦の木はプスプスと白い蒸気を吹いていた。火元は確に台所らしく、放火の跡と思われる様な変った品物は一つも見当らなかった。

「どうです、やはり砂糖が焦げていますね」松本の示したものは、大きな硝子製の壷の上部がとれた底ばかしのもので、底には黒い色をした板状のものが、コビリついていた。私は内心にあの青木の叫び声を聞いて駆けつけた時、「砂糖が焦げたのだなあ」と独言を云ったのを、ちゃんと聞いていたこの青年の機敏さに、驚きながら、壷の中のものは砂糖の焦げたのに相違ない事を肯定する外はなかった。

彼はあたりを綿密に調べ出した。その中に、ポケットか

的記事本，上面竟然畫着和紙片上相同的記號。

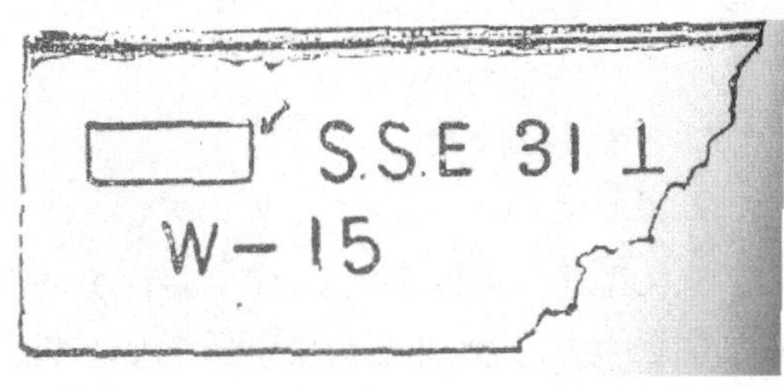

「哦，是你啊？」松本發現偷眼窺探的人是我，匆匆忙忙合上了記事本，「怎麼樣？我們去看看失火的情況吧？」

我默不作聲，跟着他朝被燒毀的斷壁殘垣走去。四處散亂着被燒得差不多的物品，焦木上呼呼地冒着白色的煙霧，其狀悽慘。看情況火是從廚房先開始燒起來的，並未找到任何有人為縱火痕跡的物品。

「你看，果然是砂糖燒焦掉了。」松本給我看的是一個大玻璃瓶，瓶身已不翼而飛，只剩下個瓶底。底部黏附着黑色的塊狀物。聽到青木的喊叫聲後飛奔過來時，我心中即在想「是砂糖燒焦了」，這想法自言自語地説出來時，竟被這個年輕人聽到了。我不由得佩服這青年的機靈勁兒，同時也肯定了瓶中的確是燒焦的砂糖無疑。

松本開始對周邊細緻地巡檢起來。這過程中，他從口袋

ら刷毛を出して、手帳を裂いた紙の上へ何か床の上から掃き寄せていたが、大事そうにそれを取上げて私に示した。それは紙の上をコロコロころがっている数個の白い小さな玉であった。

「水銀ですね」私は云った。

「そうです。多分この中に入っていたのでしょう」彼はそう答えながら、直径二分位の硝子の管の破片を見せた。

「寒暖計がこわれたのじゃないのですか」私は彼にある優越を感じながら云った。「それとも火の出たのと何か関係があるのですか？」

「寒暖計位で、こんなに水銀は残りませんよ」彼は答えた。「火事に関係があるのかどうかは判りません」

そうだ、分る筈がないのだ。私はあまりのこの青年の活動に、ついこの人が秘密の鍵を見出したかの様に思ったのだ。

表の方が騒々しくなって来た。大勢の人がドヤドヤと這入って来た。検事と警官の一行である。

私と青年記者とは、警官の一人に、当夜の夜警であって、火事の最初の発見者たる青木の叫声で駆けつけたものであると答えた。二人は暫く待って居る様に云われた。

男の方は年齢四十歳位で、余程格闘したらしい形跡がある。鋭利な刃物 —— それは現場に遺棄せられた皮剝き用の小形庖丁に相違なかった。—— で左肺を只一突にやられている。女の方は三十二三で床から乗り出して子供を

中掏出把小毛刷，又從記事本上撕下張紙片，將地上的一些東西刷到其上後，小心翼翼地端起來給我看。紙上有幾粒白色的小圓珠輕緩地滾動着。

「是水銀。」我說。

「對。原本是在這裡面的吧。」他邊回答邊拿給我看一根直徑二分[①]左右的玻璃管碎片。

「莫非是從打碎的寒暑表裡掉出來的？」我回答的口吻中帶了幾分洋洋自得的感覺，「這跟失火原因有甚麼關聯嗎？」

「寒暑表裡可不會留有那麼多水銀。」他回答道，「跟火災有無關聯，目前還無法確定。」

是呀，現在怎麼可能知道呢。這年輕人敏銳幹練的行為舉止，不由讓我覺得，能找出這些謎團之鑰匙者，非此人莫屬。

大路上嘈雜起來。一大群人吵吵嚷嚷地蜂擁進來。是檢察官和警官帶領的一隊人馬。

我和年輕記者都接受了警察的問詢。我們告訴警察是當晚執勤的夜警，聽到火災第一發現人青木的叫喊聲後趕到的現場。於是警察讓我們暫時等候，不要離開。

男性死者年齡在四十左右，曾有過相當激烈的搏鬥痕跡。因左肺部被鋒利的鋭器——肯定是那把被丟棄在現場

① 日本長度單位。一寸的十分之一。

抱えようとした所を後方からグサッと一刺に之も左肺を貫かれて死んでいる。茶の間と座敷——三人の寝て居た部屋——の境の襖は包丁で滅茶滅茶に切りきざまれていた。枕許の机の上に菓子折と盆があった。盆の中に、寝がけに食べたらしい林檎の皮があった。

その外に変ったものは例の床の板が上げられている事と、怪しい紙片が残されている事である。

訊問が始まった。真先には青木である。

「夜警で交替してからさよう二時を二十分も過ぎていましたかな、宅の方へ帰りますに」青木は云った。「表を廻れば少し遠くなりますから、福島の庭を脱けて私の裏口から入ろうとしますと、台所の天井から赤い火が見えましたのじゃ。それで大声を挙げたのです」

「庭の木戸は開いていたのですか」検事は訊いた。

「夜警の時に、時々庭の中へ入りますでな、木戸は開けてある様にしてあるのです」

「火を見付ける前に見廻りをしたのは何時頃ですか？」

「二時少し前でしたかな、松本君」青木は松本を振り返った。

「そうですね。見廻りがすんで、小屋に帰った時が五分前ですから、この家の前であなたに別れたのは十分前位でしょう」

「この家の前で別れたと云うのはどう云う訳です？」

「いや一緒に見廻りましてな、この前で私は一寸宅へ寄

的、用來削皮的小刀——刺了一刀而遭斃命。女性死者差不多三十二三的樣子，從臥床上向外探身去抱孩子時，從後方被狠狠地扎了一刀，同樣也是貫穿左肺而殞命。飯堂與客廳(三人就寢的房間)、房間與房間之間的紙拉門都被刀亂捅亂砍了一氣。枕邊小桌上擺放着點心盒與果盆。臨睡前看樣子吃過蘋果，盆中殘留有果皮。

除此之外要說還有甚麼特別的線索，便是之前看到的被掀起的鋪地木板以及那張令人難以捉摸的紙片了。

接着，問詢便開始了。首先接受調查的是青木。

「夜警交接班時差不多兩點已過了二十分鐘吧。我就往家走了。」青木陳述道，「往前門走的話得繞些遠路，我就打算從福島家的院子穿過去，從我家後門進去。結果看到廚房屋頂冒出了火苗，於是就大聲喊叫起來。」

「院子的木門是開着的嗎？」檢察官問道。

「夜警執勤的時候，時不時會進到院子裡。所以木門是一直讓它開着的。」

「發現失火前，大概是在幾點巡查過？」

「兩點不到的時候吧。對不對？松本。」青木轉頭問松本。

「對。巡查結束、回到當班小屋是兩點差五分鐘。在福島家前面跟你分手大概是兩點差十分鐘的時候吧。」

「在福島家前面分手，是怎麼回事？」

「哦，我們是一起巡查的，走到福島家前我順路回了趟

りましたので、松本さんだけが、小屋に帰られたのです」

「矢張庭をぬけましたか？」

「そうです」

「その時は異状なかったのですね？」

「ありませんでした」

「何の用で帰ったのですか？」

「大した用ではありません」

その時に警官が検事の前に来た。検死の結果殺害が凡そ午後十時頃行われた事が判ったのである。小児の死体は外部に何の異状もないので解剖に附せられる事となった。同時に菓子折も鑑定課に廻された。

時間の関係から、殺人と火事とが連絡があるかないかと云う事が刑事間の論点になったらしい。

兎に角、ある兇漢が男の方と格闘の上、枕許にあった皮むき庖丁で刺殺し、子供を連れて逃げ様とする女を後から殺した。それから死体を隠蔽しようと思って床板を上げたが果さなかった。襖を切ったのは、薪にして死体を燃す積ではなかったろうか。

「然し、厳重に夜警をしている中を、どうしてやって来て、どうして逃げたかなあ？」刑事の一人が云った。

「そりゃ訳もない事です」松本が口を出した。「夜警を始めるのは十時からですから、それ以前に忍び込めるし、火事の騒ぎの時に大勢に紛れて逃げる事も出来ましょうし、或は巡回と次の巡回の間にだって逃げられます」

家，所以只有松本一個人回到了小屋。」

「還是穿過院子？」

「對。」

「那時候沒覺察到甚麼情況嗎？」

「沒有。」

「怎麼會想到回趟家？」

「其實也沒甚麼大事。」

這時候，一個警察來到檢察官面前。屍檢的結果為謀殺，差不多是晚上十點實施的犯罪。幼童的屍體未發現任何外傷，需進行解剖。同時，點心盒也交由刑事技術科處理了。

從時間上來看，謀殺與失火之間是否存在關聯，似乎是刑警之間爭論的焦點。

總而言之，情況可能是這樣的。兇犯與男人搏鬥之後，用枕邊放着的削皮小刀刺死男人，又從背後殺害了想帶着孩子逃走的女人。接着，計劃將屍體藏匿起來，於是掀開鋪地木板，但最終未能成功。至於將紙拉門亂砍一氣，可能是想把它當作柴火，估計是計劃把屍體燒掉吧。

「不過，夜警巡查如此周密，兇犯是怎麼進來，又是怎麼逃走的呢？」一個刑警這麼説道。

「這事兒很簡單嘛。」松本開口道，「夜警開始巡查是在十點，在這之前就躲進去，然後趁着失火，大夥兒一團糟的時候再逃出來。或者，趁着兩次巡查之間也能逃掉。」

「君は一体なんだね？」刑事は癪に触ったらしく、「大そう知ったか振りをするが、何か加害者の逃亡する所でもみたのかね？」

「見りゃ捕えますよ」松本は答えた。

「ふん」刑事は益々癪に触ったらしく、「生意気な事を云わずに引込んでろ」

「引込んでいる訳には行きませんよ」松本は平然として答えた。「まだ検事さんに申上げなければならん事がありますから」

「わしに云う事とは何かね？」検事が口を出した。

「刑事さん達は少し誤解してなさるようです。私には子供の方の事は判りませんが、あとの二人は同一の人間に殺されたのではありませんよ。女を殺したものと、男を殺した奴とは違いますよ」

「何だと？」検事は声を大きくした。「どうだって？」

「二人を殺した奴は別だと云うのです。二人とも同じ兇器でやられています。そうして二人とも確に左肺をやられています。然し一人は前からで、一人は後からです。後から左肺を刺すのは普通では一寸むずかしいじゃありませんか。それに襖の切口をごらんなさい。どれも一文字に引いてあるのは、左から右に通っています。一体刃物を突き込んだ所は大きく穴が穿き、引くに従って薄くなりますから、よく分る筈です。それからあなた方は」刑事の方を向いて、「林檎の皮を御覧でしたか、皮は可成りつながっ

「你怎麼回事兒？」刑警看樣子是被惹火了，「裝出一副很內行的嘴臉，你難道親眼見到兇犯逃跑的？」

「看見的話會抓住他的。」松本回答道。

「哼！」刑警的火氣好像更大了，「別自命不凡啦，少多嘴，給我老老實實一邊待着去。」

「光在一邊待着可做不到。」松本若無其事地答道，「還有沒向檢察官彙報的事情呢。」

「要向我彙報甚麼事兒？」檢察官開口問道。

「刑警先生們看來有點搞錯了。幼童的事情我不是很清楚，不過，另外兩人並不是同一人殺害的。殺害女人的，和殺害男人的兇犯，不是同一個人。」

「甚麼？」檢察官提高了聲音，「你剛才説甚麼？」

「我説的是，殺害兩人的不是同一個人。兩人都是被同一把兇器殺害的，而且兩人均為左肺部被刺。然而一人是從前方，另一人是從後方被刺。一般情況下，從後方刺向左肺是不是有點難度呢。並且，請大家看紙拉門上的刀痕。每處都是由左至右，橫切成一字形。刀具刺入的地方捅破個大口子，將刀抽出的時候則刀痕變薄，所以應該看得特別清晰。還有就是你們各位，」他朝刑警的方向轉過去，「有否注意過蘋果皮？蘋果皮基本連着，是左旋的。削蘋果皮的是左撇子，捅破紙拉門的是左撇子，殺害女人的是左撇子，然而，刺死男

ていましたが、左巻きですよ。林檎を剥いたのが左利き、襖を突いたのが左利き、女を刺したのが左利き、然し男を殺したのは右利きです」

検事も刑事も私も、いや満座の人が、半ば茫然として、この青年がさして得意らしくもなく、説きたてるのに傾聴した。

「成程」やがて沈黙は検事によって破られた。

「つまり女はそこに死んでいる男に刺されたのだね？」

「そうです」青年は簡単に答えた。

「所で男の方は自分の持っている武器で、何者かに刺されたと云う訳だね？」

「何者かと云うよりは」青年は云った。「多分あの男と云った方が好いでしょう」

満座はまた驚かされた。誰もが黙って青年を見詰めた。

「警部さん、あなたはその紙片に見覚えはありませんか？」

「そうだ」警部は、暫らく考えていてから、呻るように云った。「そうだ、そう云われて思い出した。之は確にあの男の事件の時に……」

「そうです」青年は云った。「私も当時つまらない探訪記者として、事件に関係していましたが、この紙片はあの『謎の男の万引事件』として知られている、岩見慶二の室で見た事があります」

人的卻是右撇子。」

年輕人講述時並未表現得洋洋得意。檢察官也好，刑警也好，加上我也好，不，是在場的所有人，幾乎都目瞪口呆地對他這一番講述聽得入了神。

「這麼回事兒啊。」過了一會，還是檢察官打破了沉默。

「就是說，女人是被死在那兒的男人殺害的？」

「對。」年輕人回答得簡潔明了。

「你的意思是，男人是被甚麼人用自己所持的刀具殺死的？」

「與其說被甚麼人，」年輕人答道，「應該說被那個人更確切些。」

在場所有人又一次怔住了。每個人都默不作聲地盯住年輕人。

「警部[①]先生，您對這張紙片有印象嗎？」

「對了。」警部考慮片刻後，低沉着聲音答道，「給你這麼一說我想起來了，應該是那個人的案子……」

「是的。」年輕人說道，「當時我是個百無聊賴的現場記

① 警部為警察職級之一。職位包括警察本部中的系長至副課長、警察署中的課長、派出所所長等。

岩見と聞くと私も驚いた。岩見！岩見！あの男がまたこの事件に関係しているのか。私も当時仰々しい表題で書き立てられた岩見事件には少からず興味を覚えて熟読したものである。成る程、それで松本は先刻手帳に控えた符号と引較べていたのだ！

私は当時の新聞に掲げられた話其儘を読者にお伝えしよう。

この会社員岩見慶二と名乗る謎の青年の語る所は恁うであった。

昨年の六月末の或る晴れた日の午後である。彼岩見は、白の縞ズボンに、黒のアルパカの上衣、麦藁帽に白靴、ネクタイは無論蝶結びのそれで、丁度当時のどの若い会社員もした様な一分の隙もない服装で、揚々としてふくらんだ胸、そこには本月分の俸給の袋と、もう一封それは今年の夏は多分駄目とあきらめていた思いがけないボーナスの入った袋をしっかり収めて、別に待つ人もない独り者の気易さは、洋服屋の月賦、下宿の女将の立替とを差引いて、尚残るであろう所の金を勘定して、実際は買わないが買いたい処のものを思い浮べながら、一足々々をしっかり踏んで銀座街の飾窓から飾窓へと歩いていたのである。

一体散歩に金はいらぬ筈である。然し懐に費っても差

者，跟案件有點關係。就是那樁『怪盜迷案』中的岩見慶二，我在其房間內看到過這張紙片。」

聽到岩見的名字我也詫異得很。岩見！岩見！那人居然跟這件事兒還搭上關係了。當時岩見案可是用相當醒目的標題報道過的。我對此興致頗為濃厚，讀得相當仔細。怪不得，所以剛才松本跟記事本上記錄的符號進行比對來着。

那我就把當時刊登在報紙上的消息原原本本地跟讀者們分享下。

這個叫岩見慶二的公司職員，是個謎一般的青年。下面就講講他的故事。

去年六月末某個晴朗的午後。岩見穿着白色條紋褲，黑色羊駝絨上衣，頭戴草帽，足蹬白鞋，脖子上不用說打的肯定是領結，當時的青年職員誰都是這身行頭，可說是無可挑剔。高高凸起的前胸口袋裡鼓鼓囊囊地塞着兩個信封袋，一個裝有這個月的薪水，另一個則裝着本已差不多死了心、而後卻意外領取到的今年夏季的獎金。一人吃飽全家不愁的單身貴族盤算着，還清服裝店的月供與租屋老闆娘墊的錢後，估計還能剩下點鈔票。於是，他腦海中浮現出欲購而其實並不會買的東西，一步一步，矯健地從銀座的一個櫥窗邁向另一個櫥窗。

散步嘛自然是無需花錢的。然而，懷揣即便花掉也無妨

支えのない金を持って、決して買いはしないが、買いたいものの飾窓を覗き込む「よさ」は一寸経験のない人には判らない事である。岩見も今この「よさ」に浸って居るのであった。

　彼はとある洋品店の前に足を止めた。その時にもし彼を機敏に観察して居るものがあったら、彼が上衣の袖をそっと引張ったのに気がついたであろう。それは彼がこの窓の中に同僚の誰彼が持っていて、かねがね欲しいと思っていた、黄金製カフス釦を見入った時に、思わず自分の貧弱なカフス釦が恥しくなって、無意識にかくしたのである。

　思い切ってその窓を離れた彼は、更に新橋の方へ歩みを進めて、今度は大きな時計店の前に佇んだ。彼は又金側時計が欲しいと思った。然し無論買うのではない。それから彼は稍足を早めて、途々「買わない買物」の事を考えながら、新橋を渡り玉木屋の角から右に曲って二丁許り行くと、とある横町を左に入ったのであった。その時、彼はふと右手を上衣のポケットに入れた。何やら覚えのない小さなものが手に触れたので、ハテナと思いながら取り出してみると、小さな紙包である。急いで開けると、あ！先刻欲しいと思った黄金製カフス釦じゃないか。彼は眼をこすった。その途端左のポケットにも何やら重味を感じた。左のポケットから出たのは、金側時計であった。彼は何が何やら判らなくなった。恰度お伽噺の中にある様に、魔法使いのお蔭で何でも欲しいと思うものが、立所に湧いて出ると云うような趣だった。然し彼はいつまでも茫然と

的款子，透過櫥窗瞧瞧想買但絕對不會下手的商品，心情上會現出某種「快感」。無此經驗者估計難以理解。岩見這時候，便沉浸在此種「快感」之中。

他在某家舶來品店前停下了腳步。那時若有人以敏銳的目光對其觀察一番，定會察覺他悄悄地將上衣袖口往下拉了拉。那是因為他注意到窗內幾個同僚袖口上別着令其垂涎三尺的金製袖釦，不由得對自己那副透着寒酸的袖釦感到羞慚，下意識地將其掩藏了起來。

好不容易下決心離開店舖的櫥窗後，岩見繼續朝新橋的方向走去。這次他駐足於一家大型鐘錶店前，盤算着想要購置一隻鍍金手錶。不過，買嘛當然還是不會買的。而後，他稍稍加快了腳步，一路籌算着一些「想要入手卻不會購買的商品」，穿過新橋，在玉木屋的拐角處右拐後又走了兩個街區左右，就在他向左拐入一條小路時，下意識地伸出右手插入上衣口袋中。感覺觸碰到某樣先前並不存在的小物件，他不禁疑念心升，掏出來一看，原來是個小紙包。急急忙忙打開一看，哎！竟然是之前令其豔羨不已的金製袖釦。他不由得揉了揉眼睛。與此同時，左邊口袋也感覺沉甸甸的。從那裡又掏出隻鍍金手錶來。岩見完全是丈二金剛摸不着頭腦。這就如民間傳說中所講述的，憑藉魔法師的神力，心中念想的物件，瞬間便能噴湧而出一般。然而，他不可能一直如此茫然失措。因為，從後面伸過來一隻手將其拿着錶的手牢牢地拽住了。在他身後站了個體格魁梧的陌生人。於是，他不得

していられなかった。彼の時計を持って居る手は、後から出て来た頑丈な手にしっかり握られた。彼の後には大きな見知らぬ男が立っていたのである。彼はこの見知らぬ男と共に先刻の洋品店に行くべく余儀なくせられた。彼が何が何やらさっぱり判らない中に、店の番頭達はこの方に相違ありませんが、別に何も紛失したものはないと答えた。次に時計店に連れて行かれた時分に、岩見も漸く少し宛判って来た様な気がした。時計店の番頭は彼をみるや否や、この野郎に違いありませんと云った。刑事――この大男は無論刑事であった。――は早速岩見の身体検査をはじめて、腰のポケットから一つの指輪を取り出した。それは実に見事に光っていた。

「余り見かけない奴だが」刑事は岩見に向って云った。「素人じゃあるまい」

「冗談云っちゃいけません」これは大変になって来たと岩見は懸命に云い出した。「何が何だかさっぱり判りません。一体どうしたのです」

「オイオイ、好い加減にしないか」刑事は云った。「お前はカフス釦を買ったり、時計を買ったり、それはいいさ、ついでにダイヤ入指輪を一寸失敬したのは困るね、然しいい腕だなあ」

「私は時計も指輪も買った覚えはありません」彼は弁解した。「第一金を調べて下されば判ります」

彼が自分の潔白を証明しようとして、内ポケットから月

不跟隨陌生男人回到先前的舶來品店。在他還根本沒搞清楚狀況之前，店員們已回答道，就是這人，不過店裡倒未損失甚麼。當岩見又被帶到了先前的鐘錶店裡時，他才漸漸弄懂怎麼回事兒。鐘錶店的夥計一看到他，便說道，沒錯，就是這傢伙。而刑警呢——那個身材魁梧的男人便是刑警——立刻開始對岩見搜身，結果，從腰部的口袋中取出了一枚戒指。戒指放射着耀眼的光芒。

「你這傢伙，沒怎麼見過嘛。」刑警朝着岩見說道，「不過，看起來不像是個生手。」

「開甚麼玩笑。」岩見覺得自己攤上了大事兒，極力為自己辯解起來，「我壓根兒不知道發生了甚麼。到底怎麼回事兒！」

「哎，行了吧你。」刑警開口道，「你小子買袖釦也好，買手錶也罷，這都沒問題。可順走一隻鑽石戒指就有問題了。不過，手段倒是挺高明的啊。」

「甚麼手錶、鑽戒，我根本沒買過。」岩見申辯道，「首先你查查我的錢就知道了。」

為了證實自己的清白，岩見從內袋中掏出了工資袋和獎

給の袋とボーナスの袋を出したが、彼は顔色を変えた。封が切れていた。

様子をみて居た刑事は、少し判らなくなって来たので声を和げて、

「兎に角庁まで来給え」と云った。

警視庁へゆくと岩見は悪びれずに自分に覚えのない事を述べた。青年の語る所を聞き終って、警部は頭を傾けた。青年の言が事実とすれば、実に妙な事件である。この時ふと警部の頭に浮んだ事があった。それは岩見青年が××ビルディング内東洋宝石商会の社員であると云うのを聞いて、端なくも二三ヶ月前の白昼強盗事件が思い出されたのである。早速岩見を訊問してみると、驚いた事には彼は事件に最も関係の深い一人であることが判った。

白昼強盗事件と云うのはこう云う事件であった。

花ももう二三日で見頃と云う四月の初旬であった。どんよりと曇った日の正午、××ビルディング十階の東洋宝石商会の支配人室で、支配人は当日支店から到着したダイヤモンド数顆をしまおうとして、金庫を開けにかかった。支配人室と云うのは、社員の全部が事務をとっている長方形の大きな室の一部が凹間になっていて、その室に通ずる方にしか入口はないのであった。そして入口の近くに書記の岩見が控えているのである。支配人が金庫の方へ向う途端に、何だか物音を聞いた様なので、振りかえると、覆面の男がピストルを突きつけて立って居た。足許には一人の

金袋。倏然間，他臉色一變，原來信封袋的封口已被打開了。

在一旁觀察着這一幕的刑警，有點弄不懂了，嗓音變得柔和起來說道：

「不管怎樣到警視廳來再說。」

到了警視廳後岩見並無畏懼，正大光明地陳述了自己跟這些事情毫無關聯的事實。警部聽完年輕人的陳述後，陷入了思考。年輕人所述若為事實，這案件可真是莫名其妙。與此同時，警部忽然意識到某些問題。岩見說起自己是某某大廈裡的東洋寶石商會的職員時，警部很偶然地想起兩三個月前曾發生的白日劫案來。於是立即就此事件訊問了岩見。令人大吃一驚的是，岩見竟然是與整個案件關係最密切之人。

所謂白日劫案，其經過是這樣的。

再過兩三天便是花團錦簇、逞妍鬥色的四月初時。某個彤雲密佈、雲靄陰霾的晌午，在某某大廈十樓東洋寶石商會的總經理室中，總經理正想打開保險櫃，把當天從分店送來的幾顆鑽石收藏好。公司職員們辦公的長方形大辦公室中有一個凹進去的空間，這間凹室是唯一能進入總經理室的地方。書記員岩見就在進門處附近辦公。總經理朝着保險櫃走去之時，似乎聽到甚麼響動，回頭一瞧，是個蒙面男子舉着把手槍對着自己直立在那裡。其腳邊躺着個男人。蒙面男子狠狠地瞪住像根棍子般僵立在那裡的總經理，一步一步走近前來，就在他想要抓起辦公桌上鑽石的那一瞬間，背後響

男が倒れている。棒の様になった支配人を睨みながら、曲者は次第に近寄って、机の上の宝石を掴もうとした瞬間背後で異様な叫声がした。それは倒れていた男岩見書記——の口から洩れたのであった。その時、曲者はつと入口の方へ退却した。次の瞬間に室に居た社員がドヤドヤと支配人室の入口に駆けつけた。其時、中から「支配人がやられた！医者だっ！」と云いながら岩見が飛び出して来たのである。そして社員達は、室へ這入ろうとする途端、真蒼な顔をした支配人と鉢合せをした。

「曲者はどうした」支配人は叫んだ。何が何だか判らないのは社員達である。岩見は支配人がやられたといって飛び出して来る。次には支配人が曲者はどうしたと飛び出して来る。兎に角も中へ入った所の社員達は三度吃驚した。と云うのは、そこには呼吸も絶え絶えになった岩見が倒れて居たのである。

漸く判明した事情は、岩見に酷似した又は岩見に変装した兇漢が、正午で人気少くなった社員室の間を岩見のような顔をして通りぬけ、覆面をした後、機会を待って居たのであった。そして支配人が金庫を開けるべく背をみせた瞬間、岩見に躍りかかって、短銃の台尻で彼に一撃を喰わせ、次いで支配人に迫ったが、倒れた筈の岩見が呻き声を挙げたので、遂に曲者は目的を果さずに逃げたのであった。

支配人は曲者が逃げ出すと、急いで助かった宝石を金庫の

起了怪異的哀號。聲音是從倒在那裡的書記員岩見口中發出的。倉皇之間，蒙面男子從進門處逃竄了出去。緊接着，辦公室裡的職員們聞訊蜂擁而至總經理室進門處。此時，只見岩見邊大喊大叫着「總經理被打傷了！快叫醫生！」，邊從總經理室裡邊衝了出來。而當職員們正要擠進總經理室時，卻正好與驚魂未定、臉色發青的總經理撞了個正着。

「劫犯跑哪裡去啦？」總經理高喊道。職員們面面相覷，都有點不知所措。就在方才，岩見邊喊總經理被打傷了，邊衝了出來。緊接着總經理邊喊劫犯跑哪裡去啦，邊衝了出來。而湧入總經理室的職員們前前後後總共被驚嚇到了三次。為甚麼這麼説呢，因為總經理室地上赫然躺着呼吸微弱、氣若游絲的岩見。

好不容易把事情搞明白了。長得酷似岩見，或是裝扮成岩見樣子的劫犯，趁着正午人少之時，佯裝岩見穿過職員辦公室，蒙面之後伺機埋伏下來。待到總經理想要打開保險櫃轉過身去的瞬間，劫犯撲向岩見，用手槍槍柄猛擊其一下，緊接着又去恫嚇總經理。倒在地上的岩見發出痛苦的呻吟，不期竟喝退了劫犯，導致其未達到目的而逃之夭夭。

總經理看到劫犯逃遁後，旋即將未被搶走的鑽石扔進保

中へ投入れて、金庫を閉めるや否や、曲者を追ったのである。

　多くの社員が駆付た時には、兇漢は岩見の風を装い、支配人が負傷でもしたような事を叫びながら、部屋を飛び出したので、社員一同まんまと欺かれ、室内に這入って再び岩見をみるや唖然とした次第である。曲者は遂に見失ってしまった。然し支配人は兎に角宝石に間違のなかったのを喜んで、騒ぎ立てる社員を一先ず制して、自分の部屋に帰り、念の為再び金庫を開いて調べてみると、支配人が大急ぎで金庫に投げ入れた宝石の一つ、時価数万円のダイヤモンドが一顆不足していた。機敏な曲者は支配人が金庫へ入れる前に、既に盗み去ったと見える。

　急報に接して出張した係官も一寸如何して宜いのか分らなかった。支配人と岩見とは厳重に調べられたが、支配人の言は全く信用するに足るもので、岩見も当時殆ど人事不省の状態にあったのであるから、これ亦疑をかける余地がなかったのである。

　銀座街に於ける万引嫌疑者岩見がこの白昼強盗事件の関係者である事を知った警部は、一層厳重に訊問したが、彼は何処までも買物等をした覚えは一切ないと抗弁するのであった。しかし兎に角、現に贓品を懐にしていたのであるから、拘留処分に附せられる事となり、留置場に下げられた。

　所が又々一事件が起った。夜半の一時頃、留置場の番人が見廻りの際、特に奇怪なる青年として充分注意する

險櫃，關上櫃門後便追蹤劫犯跑了出去。

眾職員聞聲而至時，劫犯佯裝成岩見，邊高聲叫喊着總經理受傷了，邊從房間裡衝了出來，所有的職員均徹徹底底被其蒙蔽，等到進入房間後再次看到岩見，不由得全都啞然失色了。最終還是讓劫犯逃脱了。不過，鑽石未受損失，總經理心中倒還欣喜，制止住吵吵嚷嚷的職員們後，回到自己房間，慎重起見，再次打開保險櫃檢視一番，發現急匆匆扔進保險櫃裡的鑽石少掉了一顆，時價約數萬日元。看來劫犯身手敏捷，在總經理將鑽石放回保險櫃之前，就已將其收入囊中。

接到緊急報案後趕到現場的警官也一籌莫展、束手無策。總經理與岩見被徹底調查了一番。總經理的陳述毫無可疑之處，而岩見當時基本上處於不省人事的狀態，因此也並無任何值得懷疑的地方。

當警部意識到銀座盜竊案的嫌疑犯岩見，與上述白日劫案關係密切後，更為徹底地進行了審訊。然而岩見一口咬定自己根本未在任何地方買過任何東西。不過不管其如何申辯，贓物確確實實就在他身上，因此岩見被處以拘留，關押在看守所。

而這時候卻又出了一件事情。看守所內的看守被告知，對這個撲朔迷離的年輕人要多加小心，需特別注意。然而凌

様に云い渡されていたので、注意すると、驚くべし、岩見はいつの間にか留置場から姿を消していた。

警視庁は大騒ぎとなった。重大犯人を逃がしてはと直ちに非常線が張られた。然しその儘其夜は明けた。そうして午前十時頃彼岩見は彼の下宿で難なく捕えられた。

刑事は無駄とは思いながらも彼の下宿に張り込んでいると、十時頃彼はボンヤリした顔をしながら帰って来たのであった。

彼の答弁は又々係官の意表に出たものであった。十一時近く、巡査が留置場に来て、一寸来いと云って連れ出し、嫌疑が晴れたから放免すると云って外へ出してくれた。夜も更けた事ではあるし、幸い懐に金もあり、且はあまりの馬鹿々々しさに、一騒ぎ騒ごうと思って、彼はそのまま電車に乗って品川に至り、某楼に登って、今朝方帰って来たのだと云う。

「一体あなた方は」彼は不足そうに云った。「私を逃がしたり、捕えたり、全で私を玩具になさるじゃありませんか」

××巡査はすぐに呼び出されたが青年はこの方ですと云ったけれど、巡査の方では全然知らないと答えた。一方品川の某楼も取調べられたが、時間もすべての点も青年の云う通りであった。知能犯掛りも強力犯掛りも、額を集めて協議した。その結果今回も以前の強盗事件のように、何者かが何にも知らない岩見を操っているのではなかろうか

晨一點左右，看守在巡檢時留心一看，卻令人驚詫萬分，岩見不知何時，竟然從拘留所消失得蹤影皆無。

這下警視廳可炸開了鍋。竟然放跑了一個重要的嫌犯，於是立即拉起了警戒線，卻直到天亮都無甚進展。直到上午十點左右，岩見才在他的住處輕而易舉地被抓獲了。

儘管可能是徒勞，但刑警仍然一直蹲守在岩見住處附近。十點左右，岩見渾渾噩噩、神色茫然地回到了住處。

岩見的供述再次完全出乎警官的意料。近十一點的時候，有個警員[①]來到拘留所，要求岩見跟他走一趟。隨後警員告訴岩見，事情已然調查清楚，岩見已無嫌疑，准許釋放，隨即將其帶出了看守所。此時夜已深，幸好兜裡有錢，岩見經歷了這種莫名其妙的事情，得好好鬧騰下方能舒緩情緒。於是他坐上電車，來到品川的「某某樓」，直到今天早上才回到住處。

「警官大人，」岩見心懷不滿地說道，「一會兒放我走，一會兒又逮捕我，諸位難道是把我當作玩具在耍嗎？」

某某警員立刻被叫來對證，岩見說就是這位，而警員卻表示壓根兒沒發生過這回事情。另外，坐落於品川的「某某樓」也被調查了。時間以及其他所有線索均與這年輕人所陳述的完全一致。負責智能犯罪和暴力犯罪的警察們齊聚一

① 巡查是警察警銜中最低一級。

と云うことになって、岩見は無罪ではないかと云う說も多数になった。

然しこの不幸な青年は遂に放免せられなかった。と云うのは××巡査が自分が変装した悪漢の為めに、利用せられたのを憤り、且は自己の潔白を証明するために、岩見の下宿を調べた所、一つの奇怪な符号を書いた紙片を発見したのである。そして宝石事件は証拠不充分で無罪になったが、窃盗事件は、兎に角現品を所持し、店の番頭達も岩見をみて当人である事を証明したのであるから、遂に起訴せられ禁錮二ヶ月に処せられたのであった。

＊　＊　＊

「私は当時一探訪記者として」松本は云った。「この事件に深く興味を持ちまして、岩見の下宿を一度調べた事がありますが、この奇怪な符号は今でも覚えて居ります。この紙片の指紋をお取りになったら一層確でしょう」

検事は彼の意見に従った。検事と警官が打合せをしている所へ、表から一人の巡査に伴われて、でっぷり肥った野卑な顔をした五十近い紳士が這入って来た。これがこの家の主人福島であった。

彼はそこに倒れている死体をみると、青くなってふるえ出した。検事は俄に緊張して訊問を始めた。

堂，對案情開展討論研究。結果認為，這起案件與之前的劫案相同，都有可能是有人在背後操縱着毫不知情的岩見。至於岩見，多數人則認為其並無嫌疑。

然而這位不幸的年輕人最終卻未被無罪開釋。這是因為某某警員怒於奸惡之徒利用了自己，裝扮成自己的模樣，為了證明自身的清白無辜，去搜查了岩見的住處，結果發現了一張畫有怪異符號的紙片。鑽石劫案因證據不足作無罪處理，而盜竊案件則不管怎樣，因岩見持有贓物，店員們又指認當時所見的確是他，由此而被起訴，處以拘役兩個月。

* * *

「我當時作為一個現場記者，」松本說道，「對此案產生了濃厚興趣，便到岩見住處調查了一番。因此現在仍然記得這奇怪的符號。如能取到這張紙片上的指紋則更確鑿了。」

檢察官聽取了他的意見。就在檢察官與警官商議之時，由一位警官陪同，從前門進來個身材肥碩，長相庸俗，年近五十的鄉紳模樣者。此人便是這家戶主福島。

看到倒在那裡的死屍，他面色發青，渾身顫抖。檢察官稍稍恢復嚴肅的神態，開始了問訊。

「さようです、留守番に置いた夫婦に相違ありません」漸く気をとり直しながら彼は答えた。「それは坂田音吉と申しまして、以前私方へ出入して居りました大工です。浅草の橋場の者ですが、弟子の二三人も置き、左利きの音吉と申しまして、少しは仲間に知られていた様です。仕事は身を入れますし、誠に穏やかな男でした。所が今度の震災で、十を頭に四人あった子供のうち、上三人が行方不明となり、一番下の二つになる児だけは母親がしっかり抱いて逃げたので助かったのです。本人の落胆は気の毒な程でした。私の方では家族一同を一旦郷里の方へ避難いたさせましたので、――尤も私だけ取引上の事でそう行き切りと云う訳に参りませんから、こちらに残り時々郷里の方へ参りました。――丁度幸いこの夫婦を留守番に入れたのです。私は昨日は夕刻から郷里の方へ出掛けまして、今朝程又出て来たのです」

「昨日二人は、別に変った様子はありませんでしたか？」

「別に変った様子はありませんでした」

「近頃坂田の所へ客があったような事はなかったですか？」

「ありません」

「あなたは何か人から恨みを受けている様な事はありませんか？」

「恨を受けているような事はないと存じます」こう云いながら、彼は側に立っていた青木を見つけて、「いや実は近頃

「沒錯，就是那對讓他們看家的夫妻。」他逐漸平復心情後回答道，「男人名叫坂田音吉，以前是到我這裡工作過的木匠。家住淺草橋場，帶着兩三個徒弟，有個外號叫左撇子音吉，在行業裡算小有名氣。活兒幹得相當賣力，絕對是個靠得住的人。他家孩子多，這次大地震，四個孩子中上面三個都失蹤了。只有最小的才兩歲的那個，被母親抱在懷裡逃了出來算得救了。他失魂落魄的樣子看了真叫一個慘。我們家裡人暫時都到老家避難去了，只有我因為還有生意上的事情沒法一直待在那裡，只好留在這裡有時候回老家看看。所幸正好有他們夫妻看家。我昨天傍晚回了趟老家，今早又從那兒回來了。」

「昨天兩人跟平時有何不同之處嗎？」

「沒覺着有甚麼不同。」

「最近，坂田那裡有沒有訪客甚麼的？」

「沒有。」

「你有沒有因甚麼事被人記恨？」

「被人記恨倒不曾有。」他說着正好瞧見青木站在一邊，「不過近來倒是被街坊恨得不輕。因為我不參加街坊組織的夜

この町内の方からは可成り憎まれて居ります、それは私が町内の夜警に出ないと云う事からで、そこに御出になる青木さんなどは、最も御立腹で私の宅などは焼き払うがよいとまで申されましたそうです」

検事はチラと青木の方を向いた。

「怪しからぬ」青木はもう真赤になって口籠りながら、「わ、我輩が放火でもしたと云われるのか」

「いやそう云う訳じゃないのです」彼は冷然と答えた。「只あなたがそんな事を云われたと申上げた迄です」

「青木さん、あなたはそういう事を云われましたか？」

「ええ、それは一時の激昂で云った事はあります」

「あなたが火事を発見なすったのは何時でしたかね」

「それはさっき申上げた通り、二時十分過位です」

「火の廻り具合では、どうしても発火後二三十分経過したものらしい。所があなたはその前に二時十分前に、この家の庭を通って居られる、そうでしたね」

「その通りです」青木は不安らしく答えた。「然し真逆私が——」

「いや今は事実の調査をしているのです」検事は厳として云った。今度は福島に向って、「火災保険につけてありますか」

「はい、家屋が一万五千円、動産が七千円、合計二万二千円契約があります」

「家財はそのまま置いてありましたか」

警，邊上青木先生那幾位爺最為不滿，貌似曾經說過我宅子甚麼的被燒掉才好的話。」

檢察官轉頭瞧了瞧青木。

「豈有此理！」青木臉漲得血紅，嘴裡嘟囔着，「難不成你認為是老、老子放的火嗎？」

「並非此意。」福島冷冷地答道，「我僅表明你曾說過此話。」

「青木先生，你是否講過這樣的話？」

「講過。那會兒一時衝動講過的。」

「你是在幾點發現失火的？」

「剛才已經陳述過了，差不多過了兩點十分。」

「根據燃燒的情況來看，從開始失火燒了總有二三十分鐘的樣子。不過，你先頭一點五十分，是從這家的院子穿過去的，對吧。」

「是的。」青木看起來頗為不安地答道，「不過難不成是說我……」

「現在是對事實情況進行調查。」檢察官嚴肅地說道。接着又問福島：「買過火災保險嗎？」

「買過。宅子一萬五，動產七千，加起來簽了兩萬兩千的合同。」

「家當甚麼的就放這裡了嗎？」

「貨車の便がありませんから、ほんの身の廻りのものだけを郷里に持ち帰り、あとは皆置いてありました」

「殺人について、何も心当りはありませんか？」

「さあ、何も覚えがありません」

その時一人の刑事が、検事のそばへきて何か囁いた。

「松本さん」検事は青年記者を呼んだ。「死体解剖其の他の結果が判ったそうです。これは係官以外に知らすべき事ではないが、あなたの先刻からの有益なる御助力を謝する意味に於て御話ししますから一寸こちらへ御出下さい」

検事と松本は室の隅の方へ行って、低声で話し出した。私は最も近くに席を占めて居たので、途切れ途切れにその話を聞いた。

「え！　塩酸加里の中毒、はてな」松本が云うのが聞えた。

話の様子では机の上にあった菓子折の中には最中が入って居り、その中には少量のモルヒネを含んでいたのである。菓子折は当日午後二時頃渋谷道玄坂の青木堂と云う菓子屋で求めたもので、買った人間の風采は岩見に酷似していた。然し最中は手をつけて居ないで、子供は塩酸加里の中毒で倒れているのであった。

やがて検事は元の席に戻って再び訊問を始めた。

「青木さんあなたが、夜警の交替時間に間もないのに、家に帰られた理由が承りたい」

「沒有拉貨的工具，就只帶了些生活用品回的老家。其他的全都擱這裡了。」

「關於兇殺，能提供甚麼線索嗎？」

「嗯，我甚麼都不知道。」

就在此時，一個刑警跑來檢察官身邊小聲地嘀咕着甚麼。

「松本先生，」檢察官招呼年輕記者，「屍檢以及其他檢驗結果都出來了。這類信息本來是不應該向本案調查人員以外之人公開的，不過為了感謝你方才給出的有助於破案的建議，我把結果告訴你。請到這邊來。」

檢察官與松本走到房間的角落，壓低聲音講述着甚麼。我就在離他們最近之處，斷斷續續地聽到些他們的談話。

「甚麼！氯酸鉀中毒，怎麼會。」聽松本這麼說道。

他們講述的情況是這樣的。小桌上的點心盒中放着的「最中」[①]裡含有少量嗎啡。點心盒是當天下午兩點左右在澀谷道玄坡一家叫青木堂的點心店買來的。購買者的風貌酷似岩見。不過「最中」並未被咬過，幼童是因氯酸鉀中毒而亡的。

不一會兒，檢察官回到原來的座位上再次開始了問訊。

「青木先生，馬上要到夜警換崗的時間了，你卻想要回趟家，能否告知理由？」

---

① 日本一種豆沙餡的傳統甜點。

「いやそれは」青木は答えた。「別に何でもない事でとりたてて云う程の理由はないのです」

「いや、その理由を申されないと、あなたにとって不利になりますぞ」

大佐は黙って答えない。私は心配でならなかった。

「先刻の御話では」福島が云った。「青木さんは火事の時刻に私の宅に御出になったのですか？」

「そんな事は貴下が聞かんでもよろしい」検事が代って答えた。この時、松本が隣室から何か大部の書物を抱えて出て来た。

「やあ、福島さん、あなたは以前薬学をおやりになったそうで、結構な本をお持ちですな、私も以前少しその道をやりましたが、山下さんの薬局法註解は好い本ですな。私はもう殆ど忘れていましたが、この本をみて思い出しましたよ。それも塩剥の中毒と云うのは珍らしいと思いまして」松本は余り唐突なので些か面喰っている検事に向って云った。「山下さんの薬局法註解を見たのですが、塩剥の註解の所に量多きときは死を致すと書いてありましたから、小児の事ではあり中毒したのでしょう。所が」彼は書物を開いたまま検事に示しながら「こう云う発見をしましたよ」

「何ですか之は？」検事は不審そうに指された個所に目をやるとそこには、「クロール酸カリウム。二酸化マンガン、酸化銅等ノ如キ酸化金属ヲ混ジテ熱スレバ已ニ二百六十度乃至二百七十度ニ在リテ酸素ヲ放出ス、是本品ノ高温

「嗯，這個嘛，」青木答道，「其實沒甚麼事兒，沒有特別要說明的理由。」

「哦，若不講理由，則會對你不利。」

大佐沉默着不作答。我內心擔憂得不得了。

「剛才的意思是，」福島說道，「青木先生在失火的時候，光臨過寒舍？」

「那些個不需要你來問。」檢察官代替青木答道。就在這時候，松本從旁邊的房間裡抱着一大堆書走了出來。

「哎呀，福島先生，聽說你以前搞過藥學，書可真是不少。我老早也稍微啃過一點，山下先生那本藥局法註解[①]真是好書哦。我已經忘得差不多了，看到這本想起來了。講氯酸鉀中毒，倒是不多見的。」松本朝着檢察官說道。檢察官被其突如其來的舉動弄得有點不知所措。「我查了山下先生的藥局法註解，在氯酸鉀的註解中寫着量大則會致死。幼童是中毒吧。但是，」他把書翻開指給檢察官看，同時說道，「發現了這條。」

「這寫的甚麼？」檢察官不解地盯着松本所指的條目。上

① 薬局方是記載藥品標準、規格的法典，即藥典。因日語中「方」與「法」同音，原作將薬局方寫成了薬局法。

ニ於テ最モ強劇ノ酸化薬タル所以ナリ……又本品ニ二倍量ノ庶糖ヲ混和シ此ノ混和物ニ強硫酸ノ一滴ヲ点ズルトキハ已ニ発火ス云々」と書かれてあった。

「私達が最初に火を発見した時、砂糖の焦げる臭を嗅いだのです。所で現場を調べてみると、大きな硝子製の砂糖壷があって壊れた底に真黒に炭がついている。つまり私の考えでは、この塩酸加里が硫酸によって分解せられて、過酸化塩素を生ずる性質を利用したのではないかと思うのです」

「成程」検事は初めてうなずいた。「それでは加害者が放火の目的で砂糖と塩酸加里を混合し、硫酸を滴加したのですね」

「いや、私は多分加害者ではないと思うのです。何故なら殺人と放火の間には可成りの時間の距離がありますし、それにこの薬品の調合は恐らく余程以前、多分夕刻位になされたものと思われます」

「と云うと？」

「つまり小児が死んだのは、母親が多分牛乳か何かに、砂糖を入れた。所がその砂糖の中には既に塩酸加里が入って居たのでしょう。その為めに小児は中毒したのです」

「ふむ」検事はうなずいた。

「これで私は本事件がやや解決できたと思います。小児が中毒で苦しみ出してとうとう死んだとします。それを見

面寫着如下內容：「氯酸鉀。如同二氧化錳、氧化銅等，混合氧化金屬加熱至 260℃至 270℃，釋放氧氣，乃其在高溫狀況下成為最強烈氧化藥品之原因……將其與多於其兩倍之蔗糖混合，在混合物中滴入一滴強硫酸即可引發燃燒。」

「我們剛開始發覺失火時，就聞到了砂糖燒焦的氣味。趕到現場檢驗後，發現了一個大的玻璃製砂糖瓶，被燒壞的底部殘留着漆黑的炭。我這麼認為，這是利用了氯酸鉀被硫酸分解後，產生高氯酸的特性。」

「明白了。」檢察官首度頷首作答，「這麼說來兇犯是以縱火為目的將砂糖與氯酸鉀混合後，再滴入硫酸的啊。」

「不，我覺得並非兇犯所為。為甚麼這麼說，因為謀殺與縱火之間相隔時間較長，況且兩種物質的混合估計是在比較早的時間段進行的，或許是在傍晚時分。」

「繼續說下去。」

「幼童的死因，是由於母親將砂糖放入了牛奶或別的甚麼之中。而砂糖裡已經混入了氯酸鉀。由此幼童才會中毒。」

「嗯，」檢察官點了點頭。

「由此我認為本案的問題差不多可以解決了。幼童由於中毒，在痛苦掙扎後逐漸死亡。此等慘狀，令因地震失去三子

た父親は先に震災で三児と家を失い、今又最後の一児を失ったので、多分逆上したのでしょう。突如発狂して母親を背後から刺し殺し、畳襖の嫌いなく切り廻って暴れた。処へ丁度問題の岩見が何の為にか忍び込んでいたので之に斬りつけたのでしょう。そこで格闘となり、遂に岩見のため刺し殺されたのではないかと思います。放火が岩見でない事は、彼には恐らく薬品上の知識はないでしょうし、又その際、別にそんな廻りくどい方法をとらなくてもよいでしょう」

「すると放火の犯人は？」

「恐らくこの家の焼ける事を欲する者でしょう。可成り保険もあったそうですから」

「失敬な事を云うな！」今まで黙って聞いて居た福島が怒号し出した。「何の証拠もないのに、全で保険金目的で放火したような事を云うのは怪しからん。第一当夜僕は家に居ないじゃないか」

「家に居て放火するなら、塩剥にも及びますまい」

「未だそんな事をぬかすか。検事さんの前でも只は置かぬぞ」

検事もこの青年記者の落着き払った態度に敬意を表したものか、別段止めようともしなかった。

「君がそう云うなら、僕が代って検事さんに説明しよう。いや君の考案の巧妙なのには僕も感嘆したよ。

僕は現場で硝子管の破片と、少し許りの水銀を拾った。

與家宅，而今又痛失僅存幼子的其父悲憤交加。他突發失心瘋，不分青紅皂白從背後將其母刺死，繼而又將榻榻米、紙拉門亂刺亂砍一氣。此時適逢岩見不知為何目的潛入屋中，碰巧被砍，於是引發搏鬥，最終看家人坂田音吉應該是為岩見所殺。縱火則非岩見所為，估計他也不具備化學方面的知識。再說，他也沒必要使用如此瑣碎的手段。」

「那麼是甚麼人縱的火呢？」

「估計是希望這宅子被燒掉之人吧。聽說可是投了相當數額的保險。」

「胡說些甚麼呢你！」至今為止默然聆聽着的福島怒吼起來，「毫無證據，就胡扯甚麼為騙保費縱火，太豈有此理了。首先，當晚我不在家。」

「若是在家裡縱火，還用得着氯酸鉀嘛。」

「事到如今還在百般抵賴。檢察官面前可不能輕易放過你。」

檢察官或許是欽佩這年輕人的沉着冷靜吧，倒未阻止他。

「你要這麼說的話，我就替檢察官來分析下情況。哎呀，你的計謀實在高明，不得不令我歎服。

我在現場撿到些玻璃管的碎片，和少許水銀。之前並未

つい今まで之から何者をも探り出す事は出来なかったが、子供が塩剥の中毒で死んだと云うことを聞いて、薬局法註解を調べて始めて真相が判ったのさ。検事さん」彼は検事の方を向いて、言葉をついだ。「塩酸加里と砂糖の混合物には一滴の硫酸、そうです、たった一滴の硫酸を注げば、凄じい勢で発火するのです。一滴の硫酸、それを適当の時期に自動的に注ぐ工夫はないでしょうか。水銀柱を利用したのは驚くべき考案です。直径一糎の硝子管、丁度この破片位の硝子管をU字形にまげて、一端を閉じ、傾けながら他の一端から徐々に水銀を入れて、閉じた方の管全部を水銀で充たします。そうして再びU字管をもとの位置に戻しますと、水銀柱は少しく下ります。もし両端とも開いておれば水銀柱は左右相等しい高さで静止する訳ですが、一端が閉じられておるため、空気の圧力によって、水銀柱は一定の高さを保ち、左右の差が約七百六十粍あります。即ち之が大気の圧力です。ですからもし大気の圧力が減ずれば水銀柱の高さは下るのは自明の理です。昨夜の二時頃は東京は正に低気圧の中心に入ったので、気象台の調べによれば、午後五時頃は気圧七百五十粍、午前二時は七百三十粍です。即ち二十粍の差が出来た訳です。即ち一方の水銀柱は十粍下り一方の開いた方の水銀柱は十粍上りました。そこで開いた方の口の水銀の上へ少し許りの硫酸を充して置けばどうでしょう。当然硫酸は溢れる訳です。福島さん」松本は青くなって一言

從中尋出任何頭緒，然而聽到幼童死因乃氯酸鉀中毒，再查詢了藥局法註解才算判明了真相。檢察官先生，」他轉向檢察官，繼續說道，「氯酸鉀與砂糖的混合物中加入一滴硫酸，是的，只需滴入一滴硫酸，即會引發劇烈燃燒。一滴硫酸，是否可以令其在恰好的時間裡自行滴入呢。利用汞柱絕對是個令人瞠目咋舌的計謀。直徑一厘米的玻璃管，正如這塊碎片大小的玻璃管，彎成U字形的，堵住一頭後，將其傾斜，同時從另一頭慢慢灌入水銀，直到堵住的那根管中灌滿水銀，再將U形管恢復原位時，汞柱會稍稍下降。若兩頭均開口，汞柱則以左右相等的高度保持靜止狀態，而一頭被堵住的情況下，因空氣壓力，汞柱保持一定的高度，左右之差大約有760毫米。此乃大氣壓強。因此若大氣壓強降低，不言自明，汞柱高度亦會隨之下降。昨晚二時許，東京正處於低氣壓的中心，據氣象台的消息，下午五時許氣壓乃750毫米，淩晨兩點則為730毫米，之間有20毫米之差。也就是說，一頭的汞柱下降10毫米，而開口的另一頭則會升高10毫米。那麼，在開口處的水銀之上滴入少許的硫酸會如何呢。硫酸自然會溢出來。福島先生，」松本轉向鐵青着臉一言不發的福島，「你心起貪念，為了詐騙你那僅僅數萬日元的鈔票，先是殺害了那家子的幼童，繼而是其母，最後又是其父。同時，你試圖將你駭人聽聞的罪行嫁禍於青木先生。豈非罪上加罪。怎麼樣，還是直截了當地坦白了吧。」

も発しない福島を振り返り、「あなたはあなたが僅に数万円の金を詐取しようとする心得違いから、先ず第一に留守番の子供を殺し、次にその母親を殺し、遂には父親までを殺しました。そうしてあなたはあなたの恐るべき罪を青木さんにかけようとしている。余りに罪に罪を重ねるものではありませんか。どうです真直に白状しては」

福島は一耐りもなく恐れ入って仕舞った。

検事は青年記者の明快なる判断に舌を巻きながら、

「いや、松本さん、あなたは恐るべき方じゃ、あなたのような方が我が警察界に入って下されば実に幸いですがなあ。……それでどうでしょう、岩見が忍び込んだ理由、毒薬の入った菓子折を持って来た理由はどうでしょう」

「その点は実は私も判り兼ねています」

青年記者松本はきっぱりした口調で答えた。

* * *

それから二三日して新聞は岩見の捕縛を報じた。彼の白状した所は松本の言と符節を合す如くであった。しかし彼もまた福島の家に忍び込んだ理由については一言も口を開かなかった。

其の後、私は松本に会う機会がなかった。私はまたもとの生活に復り毎日々々戦場のように雑踏する渋谷駅を昇降して、役所に通うのであった。或日、例の如くコツコ

福島全無抗辯之意，完完全全心服口服。

檢察官着實為年輕記者乾脆明了的推斷感到歎服：

「哎呀，松本先生，你可真是了不得的人物啊。你這樣的人若能加入警察的行列，我們就額手稱慶啦……那麼，岩見為何潛入這所宅子，又為何會帶着裝有毒藥的點心盒子呢？」

「這個緣由嘛，我也感到實在無從捉摸。」

年輕記者用乾脆利落的口吻答道。

＊　＊　＊

兩三天後，報紙上報道了岩見被抓捕的消息。其供述與松本所言完全一致。然而，對於潛入福島宅子的緣由，他同樣是隻字未提。

在這之後，我與松本未再有碰面的機會。我又回到原先的生活，每日奔赴戰場般上下於紛擾喧囂的澀谷車站，到政府機關上班。某日，如往常般一步步爬坡時，被人叫住了。

ツと坂を登って行くと、呼び留められた。見ると松本であった。彼はニコニコしながら、一寸お聞きしたい事があるから、そこまでつき合って呉れと云うので、伴われて、玉川電車の楼上の食堂に入った。

「岩見が捕まったそうですね」私は口を開いた。

「とうとう捕まったそうですよ」彼は答えた。

「あなたの推定した通りじゃありませんか」私は彼を賞めるように云った。

「まぐれ当りですよ」彼は事もなげに答えた。「ときにお聞きしたいと云うのは、あの福島の宅ですね、あれはいつ頃建てたもんですか」

「あれですか、えーと、たしか今年の五月頃から始まって、地震の一寸前位に出来上ったのですよ」

「それ迄は更地だったんですか？」

「ええ、随分久しく空地でした。尤も崖はちゃんと石垣で築いて、石の階段などはちゃんと出来ていましたが」

「ああそうですか」

「何か事件に関係があるのですか」

「いや。なに、一寸参考にしたい事がありましてね」

それから彼はもう岩見事件には少しも触れず、彼の記者としてのいろいろの経験を面白く話して呉れた。そうしてポケットから琥珀に金の環をはめた見事なパイプを出して煙草をふかしながら、自慢そうに私にみせて呉れたりした。

彼と別れて宅へ帰り、着物を着かえようとして、ふとポ

一看原來是松本。他頷首微笑地問我能不能打聽點事兒，到不遠的地方坐坐，於是便跟着他一起到了玉川電車樓上的小飯館。

「聽說岩見被抓獲了。」我先説道。

「到底是被捉拿歸案了。」他回答。

「不正如你所推斷的那樣嘛。」我稱許他道。

「不過碰巧而已。」他若無其事地答道，「對了，我想問你的是，福島那宅子，是甚麼時候造起來的？」

「哦，那房子啊。嗯，像是今年五月左右動的工，就在地震前一陣造好的。」

「在那之前是片荒地？」

「對，荒了相當長一段時間了。不過，高台處壘起了石牆，石台階等也都建好的。」

「哦，是嘛。」

「跟案子有甚麼關聯嗎？」

「哦，有點事情稍稍需要參考一下。」

之後他便不再提起岩見的案子，而是談笑風生地聊起他作為記者的種種經歷。這過程中，他從口袋裡掏出個琥珀製、鑲有金環、工藝考究的煙斗，裝上煙絲，邊吞雲吐霧，邊洋洋得意地給我展示起來。

跟他道別後回到家中，我打算換件衣服，不經意間手伸

ケットに手をやると小さい固いものが触ったので出してみると、先刻の松本のパイプであった。いろいろと考えてみたが、これが私のポケットへ入り得べき場合を考えることが出来なかった。

　私は当惑した、何といって松本に返そうかと思った。それから幾日か松本に返そう返そうと思いながら、遂にその機がなくそのまま過ぎ去った。

　或日一通の厚い封書が届いた。裏を返すと差出人は松本であった。急いで封を切って読み下した私は、思わずあっ！と声を上げたのである。

　手紙の内容は次の如くであった。

　暫くお目にかかりません、もう多分永久にお目にかからないかも知れません。

　私は漸くあの岩見の奇怪な行動と暗号の意味を解することが出来たのです。あなたはこの事件に非常に興味をお持ちでしたから、一通りお話し致しましょう。

　先ず例の万引事件からお話し致しましょう。あの事件は多分岩見君は無罪でしょう。何故なら、彼にはあんな巧妙な技倆がないのみならず、前後の事情からするも、彼の取った行動はどうも彼の無罪を証明しています。然らば彼が現在所持して居た品物はどうしたのでしょう。あなたは××ビルディングの白昼強盗事件で、兇漢が岩見に変装していたのを御記憶でしょう。銀座事件でも矢張りこの岩見に変装した悪漢が活躍したのです。この悪漢は岩見が洋

進口袋中碰到個小而硬的物件，掏出來一看，是先頭松本抽過的煙斗。我回憶了各種可能出現的情況，並未找到為何煙斗會跑到我口袋裡的答案。

我不禁感到莫名其妙，心想着無論如何得歸還給松本。接下來的幾天中不斷念叨着這事兒，卻始終未找到機會，就這麼耽擱了下來。

某日，我收到一隻厚實的信封。翻過來一瞧寄件人是松本。於是立刻拆封展讀，讀着讀着「啊」的一聲，我喊出聲來。

信是這麼寫的：

久疏音信，抑或今後不再相逢也未可知。

我終於破解了岩見的奇行與暗號所示之意。你亦對此案抱有相當濃厚之興趣，如此便與你分享其中之來龍去脈。

我們先從早先的盜竊案說起。那起案件，岩見應該是無罪的吧。為何這麼說？因為他不僅不具有如此精妙的手段，從案件發生前後之事看來，他所採取的行為亦可證明其無罪。那麼說來，他為何會持有那些個物品呢。你還記得某某大廈的白日劫案中，劫犯裝扮成岩見之事否？銀座案子亦是裝扮成岩見的劫犯之所為。劫犯觀察到岩見在舶來品店，垂涎於袖釦，待岩見離開，便進店買下了袖釦。之後也同樣，買下手錶後，放入了岩見口袋之中。在芝口附近，岩見發現

品店で立止り、カフス釦を欲しがるのをみると、岩見の立去った後で、その店に入り釦を買いました。次に同様に時計を買って、岩見のポケットへ投げ込んだのです。芝口の辺で岩見が始めてカフス釦を見て茫然としている隙にボーナスの袋を抜いたのです。次に岩見が時計を見て二度吃驚する暇に、袋の中から金を抜き取ると共に再び彼のポケットに返し、素早く万引した宝石をズボンのポケットに投げ入れて退却したのです。それからあとは彼が刑事に捕まり、番頭までに証明せられる様になったのです。この兇漢が一旦自分が罪に陥れた岩見を、夜分に又復刑事に化るような危険を冒して、岩見を連れ出したのは何のためでしょうか。それは恐らく岩見のあとをつける為です。もし岩見が何か不正な事をして、盗んだ品を何処かに隠しているとしたら、彼が窃盗の嫌疑で捕われ再び放された時に、その隠場所へ心配して見には行かないでしょうか。それが兇賊の目的だったのです。岩見は何を隠していたのでしょう。それはあの有名な事件で紛失した宝石の一つです。商会に入った賊は実に岩見の叫び声のために、一物も得ずに逃げたのです。そして支配人があわてて机上の宝石を掴んで金庫に入れる時に、その中の最も価値ある一つの宝石は下へ落ちたのです。

支配人が賊を追って行くと、岩見はその宝石を見つけ、悪心を起し、突差に敷物の下かなんかに秘した、そうして仮死を粧うていたに違いありません。新聞で宝石の紛失を

袖釦時，劫犯趁其茫然失措之機盜走了裝有獎金的袋子。待到岩見發現手錶，再一次感到莫名其妙時，劫犯從袋子中抽掉現金，與此同時又將袋子放回其口袋之中，再迅速將偷來的戒指放進其褲袋，轉而離開。在此之後，岩見被警察抓獲，才會出現由店員指認他這一幕。這劫犯既然將盜竊之罪嫁禍於岩見，為何夜間又冒險裝扮成刑警模樣，將岩見放出拘留所呢？估計是為了跟在其後，尾隨岩見之故。岩見若是因某種不法行為，將盜來之物藏匿於某處，在其因偷盜嫌疑被抓獲繼而又被釋放後，難道不會因心懷鬼胎，而不去藏匿地點檢視一番？這便是劫犯之目的所在。岩見究竟藏匿了何物呢？那便是那起遠近聞名的案子中丟失的一顆鑽石。闖入商會的劫犯因岩見的叫喊聲，一無所獲地逃逸了。當總經理慌裡慌張地抓起桌上的鑽石放入保險櫃時，其中最有價值的一顆掉了下來。

總經理奔出去追趕劫犯後，岩見肯定是發現了那顆鑽石，心中惡念陡生，瞬時將其隱藏於地毯之下，然後躺在那裡裝死。從報紙上得知丟失鑽石的消息後，劫犯即悟到此乃

知った賊は、岩見の所為と見たでしょう。そこで兇漢は彼の計画を齟齬せしめ、あの宝石を奪われたのを知った時、如何に之を取返そうと誓ったでしょう。無論彼としては出来るだけの捜査をしたに相違ありません。そうしてあの妙な符号はたしかに宝石の隠し場所を示したものであることを、看破したのです。然しそれは単に岩見の心覚えに止まって、或る地点——それは岩見にとっては容易に覚えて居られる地点であり、それから先を暗号によって心覚えにしたのですから、暗号は解けてもその地点は判らないために、どうする事も出来ないのです。そこでかの兇漢は岩見を一旦官憲の手で捕えさせ、そして自分が之を放免すると云う苦肉の方法を選んだのです。然しそれも岩見の品川行きと云う皮肉な行為で駄目になりました。尤もあとで考えれば、岩見の隠し場所は岩見でさえもどうにもならぬ状態にあったのです。

所が兇漢は偶然宝石の在所を知りました。それは今回の事件で岩見がある家に忍び込んだと云う事から、宝石はたしかにその家のどこかに隠されていると云う事を知ったのです。それからあとは容易です。長方形の片隅の矢印をした符号は、石段の角を示します。S、S、Eは磁石の南々東です。31は無論三十一尺、逆の丁字形は直角です。W-15は西へ十五尺です。即ち石段の角から南々東へ三十一尺の地点から、直角に西の方へ十五尺と云う事です。岩見が宝石を隠した時分には、その土地は空地で石段

岩見幹的好事。當劫犯意識到自己的謀劃受挫，那顆鑽石被橫刀奪愛時，肯定發誓要使鑽石重新回到自己手中吧。他定然使出各種解數進行了搜尋，從而意識到那怪異的符號乃鑽石藏匿之所的示意圖。然而，圖紙只是岩見用來備忘的，至於具體地點——對岩見來説那是輕易便能辨識的地點，再設計出暗號進行備忘。因此，即便破解了暗號也無法獲知具體地點，依然無從下手。由此，劫犯實施了所謂苦肉之計，先假警察之手使岩見身陷囹圄，再由自己將其釋放。但是，令人啼笑皆非的是，這條計策卻由於岩見的品川之行而顆粒無收，毫無功效。不過之後想來，岩見安排的藏匿之所就連岩見自身也未預知會發生何事。

然而劫犯卻偶然地獲知了鑽石的藏匿地。即這次的案件，從岩見潛入家宅之事上很輕易地便能推測出鑽石肯定被藏匿於宅子的某處。其後之事便簡單了。長方形邊角上的箭頭示意石台階一角。S、S、E 則表示指南針的南南東。31 自然是 31 尺[①]。倒過來的丁字形意味着直角。W-15 是向西 15 尺之意。也就是説，從石台階角上往南南東方向 31 尺的地方，再以直角往西 15 尺即是。岩見藏匿鑽石的時候，這塊地

① 日本的計量單位，一尺約 30.3 厘米。

だけは既に出来ていましたが、一面の草原であった事は、あなたの方がよく御存じです。岩見は万引事件で禁固の刑を受け、宝石を取り出す時機を失している中に、その土地に福島の家が建ちました。そこで彼は出獄すると福島の宅へ目をつけ、機会を待っていましたが、遂に留守番にモルヒネ入の菓子を送り、麻酔させた上で、ゆっくり宝石を取り出そうと企んだのです。そして暴風雨を幸い、忍び込んだのです。ところが相手はモルヒネで寝ているどころか、あべこべに斬りつけられる様な目に逢ったのです。床板の上っていたのはそう云うわけで宝石を探そうとしたのです。

所が宝石は如何したのでしょう。

それは私がたしかに頂戴しました。もう既に御気付きと存じますが、私が××ビルディング白昼強盗の本人です。

お驚きにならないように、尚一つには私の手腕を証拠立てるためと、一つには私の永久の記念のために、あなたの内ポケットに例の琥珀のパイプを入れて置きました。怪しい品ではありません、どうぞ安心してお使い下さい。

是片荒地，只有石台階已修葺完畢，整塊地雜草叢生，這你很清楚。岩見由於盜竊案被拘役後，失去了前往獲取鑽石之機，在此期間福島在那裡建起了宅院。於是，他出獄後便盯住了福島家，伺機而動。最終他決定將注有嗎啡的點心送與看家人坂田，待其被麻醉後，慢慢搜尋出鑽石。因此他趁着暴風雨之際，潛入了宅子。然而看家人非但未被嗎啡麻倒，岩見反而遭到了刀砍。鋪底木板被掀開，便是其在搜尋鑽石之故。

那麼，鑽石又如何了呢。

現在已是我囊中之物啦。估計你已心知肚明，我，便乃某某大廈白日劫案的大盜本人是也。

請勿要驚慌。一來為了證明我的手段，二來為了永久之紀念，我在你內袋中放入了之前所見的琥珀煙斗。此乃潔淨之物，盡可放心使用。

譯者解讀

「本格」推理路線的倡導者與堅持者
——甲賀三郎與《琥珀煙斗》

《琥珀煙斗》發表於1924年6月號的《新青年》雜誌。作者甲賀三郎，原名春田能為，與江戶川亂步、大下宇陀兒並稱為戰前偵探小說三大巨星。

甲賀三郎於1893年10月出生於滋賀縣，與眾多推理小說家年少時的經歷相仿，甲賀三郎在青少年時代對當時的偵探推理小說鍾愛有加，尤其青睞黑岩淚香與柯南・道爾的作品。1915年，甲賀三郎考入東京大學後，在化學系攻讀應用化學。畢業後赴和歌山縣，在一家染料公司供職，後又轉入農商務省的「氮研究所」，專業從事氮肥研究。這些專業學習與從業經歷不僅為甲賀三郎的文學創作提供了豐富的知識與素材，同時，這也或許是其在日後的推理小說創作上始終倡導和堅持「本格創作」的重要原因之一。

1923年8月，還在研究所供職的甲賀三郎參加了雜誌《新趣味》的小說有獎評選，以《珍珠塔的秘密》一文入選一等獎，從此走上了職業作家的道路。當年4月，江户川亂步則在《新青年》上發表了處女作《二錢銅幣》。兩位日本戰前推理小説的代表作家不約而同，先後在同一年走上文學道路，亦可算當年的一件幸事。

處女作發表之後的第二年，即1924年，甲賀三郎在《新青年》上推出自身的第二篇作品，即《琥珀煙斗》。作品中甲賀三郎使用了其頗為擅長的化學知識，並將幾個事件通過多條線索串聯起來，使讀者初始讀來如墮五里霧中，隨着故事敘述層層推進，迷霧悄然散去，整個故事的主線才初顯輪廓，或有雲開日出之感。然而，錯綜複雜的多層敘事多少會令讀者感到甲賀三郎精心佈置的迷局太過於撲朔迷離，稍有紛亂之嫌。

甲賀三郎對日本戰前推理小説的貢獻，不僅在於作品的創作上，在推理小説研究方面，甲賀亦健筆縱横，著述頗豐。其中最為著名的便是《新偵探小説論》《偵探小説十講》《偵探小説講話》這三部推理小説的專業論著。推理小説流派專有名詞的「本格」與「變格」，據傳，亦是出於甲賀三郎之手。日本無產階級文學的代表人物，亦是推理小説評論家的平林初之輔曾將注重破案、解謎、犯罪手法的解析等純粹的推理小説命名為「健全派」，而將奇幻、怪誕以及描寫精神、心理類小説命名為「不健全派」。這樣的命名顯然具有一定的偏頗性，因此甲賀三郎將其改稱為「本格」與「變格」，沿用至今。

在推理小説評論界，甲賀敢於直言，無畏論爭，始終倡導推理小説應該回歸至推理本身。甲賀三郎曾在1931年與1936年，在偵探小説雜誌上分別與大下宇陀兒、木木高太郎圍繞推理小説的文學性與藝術性，即推理小説應該注重「本格」還是「變格」的問題，開展過激烈的文學爭論。其中，與木木高太郎之間的論戰最為著名。

這些論戰中，甲賀始終認為，推理小説講究的是故事情節與敘事結構，與其他文學屬於完全不同的類型，因此不應過分追求其藝術性與文學性。甲賀自述其創作受其他文學的影響少之又少，因而其試圖追求推理小説純粹性的創作理念完全可以理解。而身為醫學博士的木木高太郎則在青年時代即師從著名詩人福士幸次郎，與金子光晴等為同門好友，在多部詩刊上發表過詩歌、散文以及翻譯作品，對文學藝術有執着的追求。1936年，即與甲賀發生文學爭論的這一年，木木高太郎以推理小説《人生的傻瓜》獲得了第四屆直木獎，同獎項中推理題材獲獎乃是首次。木木以實踐證明了自己的主張。

江户川亂步在小説《陰獸》的開篇，曾如此寫道：「偵探小説家分為兩種。一種可稱之為罪犯型，對犯罪懷有極大興趣。創作的是偵探小説，卻要將犯人殘虐的心理描繪得淋漓盡致方得盡興。另一種可稱之為偵探型，心理健全，僅對充滿邏輯推理的破案過程表示出興趣，而對罪犯的心理等則不置一顧。」亂步在自述《陰獸》創作花絮時曾披露，兩種偵探小說家，前者，即作品中的大江春泥，其原型正是自己。而後者，即作品中的寒川，其原型則為甲賀三郎。從兩人對於推理小說的創作理念與風格上來看，亂步的把握可說是再準確不過的了。

追求推理小說的純然性也好，注重推理小說的文學藝術性也罷，推理作家各有自身不同的認知與冀求。與文學史上任何一段文學爭論相同，無所謂孰是孰非，更不應有統一標準。而個中口味不同的文學鑒賞則應交由讀者自行判別。

途上

谷崎潤一郎

東京T・M株式会社員法学士湯河勝太郎が、十二月も押し詰まった或る日の夕暮の五時頃に、金杉橋の電車通りを新橋の方へぶらぶら散歩している時であった。

「もし、もし、失礼ですがあなたは湯河さんじゃございませんか」

ちょうど彼が橋を半分以上渡った時分に、こう云って後ろから声をかけた者があった。湯河は振り返った、——すると其処に、彼には嘗て面識のない、しかし風采の立派な一人の紳士が慇懃に山高帽を取って礼をしながら、彼の前へ進んで来たのである。

「そうです、私は湯河ですが、……」湯河はちょっと、その持ち前の好人物らしい狼狽え方で小さな眼をパチパチやらせた。そうしてさながら彼の会社の重役に対する時のごとくおどおどした態度で云った。なぜなら、その紳士は全く会社の重役に似た堂々たる人柄だったので、彼は一目見た瞬間に、「往来で物を云いかける無礼な奴」と云う感情を忽ち何処へか引込めてしまって、我知らず月給

途中

谷崎潤一郎

快到年底的某日傍晚五點左右，東京T · M股份公司職員法學學士湯河勝太郎順着金杉橋的電車道[①]往新橋方向，正逍遙閒適地散着步的時候。

「哎、哎，失敬失敬，您不是湯河先生嘛。」

正當他行走於橋上過半之時，從後面傳來個聲音招呼他。湯河轉過頭去——只見一位他不曾謀面，然而風度翩翩的紳士，正殷勤地摘下禮帽，邊向他行禮，邊朝其走了過來。

「沒錯。鄙人是叫湯河……」湯河裝出一副慣有的老好人的神態，眨巴起小眼睛，就如同面對公司高層時忐忑不安地説道。至於為何這般，只因這位紳士看上去完全跟公司高層無二，儀表堂堂、威風凜凜。湯河看他第一眼的瞬間，不由自主地暴露出工薪階層的劣根性，立即將「馬路上搭訕的

① 這裡的電車指行駛於路面的有軌電車。

取りの根性をサラケ出したのである。紳士は獵虎の襟の付いた、西班牙犬の毛のように房々した黒い玉羅紗の外套を纏って、（外套の下には大方モーニングを着ているのだろうと推定される）縞のズボンを穿いて、象牙のノッブのあるステッキを衝いた、色の白い、四十恰好の太った男だった。

「いや、突然こんな所でお呼び止めして失礼だとは存じましたが、わたくしは実はこう云う者で、あなたの友人の渡辺法学士——あの方の紹介状を戴いて、たった今会社の方へお尋ねしたところでした」

紳士はこう云って二枚の名刺を渡した。湯河はそれを受け取って街燈の明りの下へ出して見た。一枚の方は紛れもなく彼の親友渡辺の名刺である。名刺の上には渡辺の手でこんな文句が認めてある、——「友人安藤一郎氏を御紹介する右は小生の同県人にて小生とは年来親しくしている人なり君の会社に勤めつつある某社員の身元に就いて調べたい事項があるそうだから御面会の上宜敷御取計いを乞う」——もう一枚の名刺を見ると、「私立探偵安藤一郎　事務所　日本橋区蠣殻町三丁目四番地　電話浪花五〇一〇番」と記してある。

「ではあなたは、安藤さんとおっしゃるので、——」

湯河は其処に立って、改めて紳士の様子をじろじろ眺めた。「私立探偵」——日本には珍しいこの職業が、東京にも五、六軒できたことは知っていたけれど、実際に会うのは今日が始めてである。それにしても日本の私立探偵は

無禮之徒」這種的感覺給嚇了回去。紳士身着一件帶有海獺皮衣領，面料如同西班牙犬的皮毛般，毛絨絨的黑色拉毛大衣，(外套底下估計穿的一般是禮服) 直紋褲，手執象牙圓柄手杖，膚色皙白，是個看上去四十來歲的發福男子。

「啊，突然在這種地方把您叫住實在是失敬得很。鄙人呢，是幹這一行的。帶着您朋友渡邊法學士開具的介紹信，剛去拜訪過您公司。」

紳士這麼說着遞過來兩張名片。湯河接過來後，借着路燈的光亮瞧了起來。一張沒錯正是其老友渡邊的名片。名片上渡邊親筆寫着如下內容：「玆介紹友人安藤一郎。右者乃小生同鄉，與小生相交甚久，現欲對貴公司某職員進行身份信息調查，望乞接洽並予以協助為盼」。再看另一張名片上則寫着：「私家偵探安藤一郎　事務所日本橋區[①]蠣殼町三丁目四番地　電話浪花[②]五零一零號」。

「那您，便是安藤先生了」。

湯河站立在那裡，重新不客氣地上上下下把紳士仔細打

① 以前東京的一個區名。1947 年與京橋區合併為中央區。

② 當時東京日本橋地區電話交換局的名稱。

西洋のよりも風采が立派なようだ、と、彼は思った。湯河は活動写真が好きだったので、西洋のそれにはたびたびフイルムでお目に懸っていたから。

「そうです、わたくしが安藤です。で、その名刺に書いてありますような要件に就いて、幸いあなたが会社の人事課の方に勤めておいでのことを伺ったものですから、それで只今会社へお尋ねして御面会を願った訳なのです。いかがでしょう、御多忙のところを甚だ恐縮ですが、少しお暇を割いて下さる訳には参りますまいか」

紳士は、彼の職業にふさわしい、力のある、メタリックな声でテキパキと語った。

「なに、もう暇なんですから僕の方はいつでも差支えはありません、……」

と、湯河は探偵と聞いてから「わたくし」を「僕」に取り換えて話した。

「僕で分ることなら、御希望に従って何なりとお答えしましょう。しかしその御用件は非常にお急ぎのことでしょうか、もしお急ぎでなかったら明日では如何でしょうか？今日でも差支えはない訳ですが、こうして往来で話をするのも変ですから、――」

「いや、御尤もですが明日からは会社の方もお休みでしょうし、わざわざお宅へお伺いするほどの要件でもないのですから、御迷惑でも少しこの辺を散歩しながら話して

量了一番。「私家偵探」，這職業在日本還不常見，不過湯河倒是知道在東京有五六家，而真正見到偵探今天還是頭一回。湯河暗自尋思，日本私家偵探的風度竟然還在西洋之上。湯河愛看電影[①]，片子裡經常會有西洋的私家偵探登場。

「對，在下正是安藤。名片上寫着的事情是這樣的，聽說您在貴公司人事科高幹，於是方才前去貴社拜訪並想跟您接洽的。您看如何，百忙之中甚是惶恐，不知可否稍稍佔用您一點時間？」

紳士用一種符合其職業特徵的、力量充沛的金屬音乾脆利落地說道。

「哎呀，已然得空，所以，無論何時我都甘願效勞……」

湯河聽說是偵探，說話時便把「鄙人」換成了「我」。

「只要我清楚的，您想聽甚麼我便答甚麼。不過，這事情急不急？如果不是急事可否等到明天？當然今天也沒問題，但在這大街上談也挺古怪的……」

「哦，您說得對。但公司明天不是休息嘛。也沒必要為這

① 明治、大正時期稱電影為「活動寫真」。

戴きましょう。それにあなたは、いつもこうやって散歩なさるのがお好きじゃありませんか。ははは」

　と云って、紳士は軽く笑った。それは政治家気取りの男などがよく使う豪快な笑い方だった。

　湯河は明らかに困った顔つきをした。と云うのは、彼のポケットには今しがた会社から貰って来た月給と年末賞与とが忍ばせてあった。その金は彼としては少なからぬ額だったので、彼は私かに今夜の自分自身を幸福に感じていた。これから銀座へでも行って、この間からせびられていた妻の手套と肩掛とを買って、——あのハイカラな彼女の顔に似合うようなどっしりした毛皮の奴を買って、——そうして早く家へ帰って彼女を喜ばせてやろう、——そんなことを思いながら歩いている矢先だったのである。彼はこの安藤と云う見ず知らずの人間のために、突然楽しい空想を破られたばかりでなく、今夜の折角の幸福にひびを入れられたような気がした。それはいいとしても、人が散歩好きのことを知っていて、会社から追っ駈けて来るなんて、何ぼ探偵でも厭な奴だ、どうしてこの男は己の顔を知っていたんだろう、そう考えると不愉快だった。おまけに彼は腹も減っていた。

「どうでしょう、お手間は取らせない積りですが少し付き合って戴けますまいか。私の方は、或る個人の身元に就いて立ち入ったことをお伺いしたいのですから、却って会社でお目に懸るよりも往来の方が都合がいいのです」

還到您府上打擾。所以呢，您受累，我們就在這附近邊散步邊聊聊。您不是總喜歡這麼散散步的嘛。哈哈哈」

這麼説着，紳士輕快地笑了起來。笑聲如同那些個把自己裝扮得像政客般的男人們經常發出的那樣，頗為豪放。

湯河顯然一臉的不情願。他口袋裡放着剛從公司領到的工資與年終獎。對他來説這筆錢數額不小，為此他暗暗地對今晚的自己感到志得意滿。他正要去趟銀座，購買前一陣子妻子央求他買的手套和披肩 —— 她長得洋氣，得買能配得上她的厚重的裘皮貨 —— 然後早點回家讓她高興一番 —— 就在邊走邊想這事時卻撞上了安藤。這個陌生人安藤，不光是敗了他想入非非之興，更有可能會在他今晚難得的美滿生活之上刻上一道裂紋。這些姑且不說，明知自己喜歡散步，他還從公司追過來，即便是偵探也是個討厭的傢伙。這人為何會知道自己的長相？這麼想想湯河感到挺不舒服的。況且，他還感到飢腸轆轆。

「您看如何？不浪費您過多時間，不過能否就麻煩您一小會兒。在下要調查的是個人身份信息，會問到些隱私問題，所以與其在貴公司面談，還不如就在馬路上更方便些呢。」

「そうですか、じゃとにかく御一緒に其処まで行きましょう」

湯河は仕方なしに紳士と並んで又新橋の方へ歩き出した。紳士の云うところにも理窟はあるし、それに、明日になって探偵の名刺を持って家へ尋ねて来られるのも迷惑だと云うことに、気が付いたからである。

歩き出すとすぐに、紳士——探偵はポケットから葉巻を出して吸い始めた。が、ものの一町も行く間、彼はそうして葉巻を吸っているばかりだった。湯河が馬鹿にされたような気持でイライラして来たことは云うまでもない。

「で、その御用件と云うのを伺いましょう。僕の方の社員の身元とおっしゃると誰のことでしょうか。僕で分ることなら何でもお答えする積りですが、——」

「無論あなたならお分りになるだろうと思います」

紳士はまた二、三分黙って葉巻を吸った。

「多分何でしょうな、その男が結婚するとでも云うので身元をお調べになるのでしょうな」

「ええそうなんです、御推察の通りです」

「僕は人事課にいるので、よくそんなのがやって来ますよ。一体誰ですかその男は？」

湯河はせめてそのことに興味を感じようとするらしく好奇心を誘いながら云った。

「さあ、誰と云って、——そうおっしゃられるとちょっと申しにくい訳ですが、その人と云うのは実はあなたですよ。

「既然這樣，那麼就先往那方向一起走走吧。」

湯河無可奈何地與紳士一塊兒又朝着新橋方向走去。紳士所講的也有點道理，況且，他也意識到，等到第二天有人拿着張偵探的名片跑家裡來也不方便。

沒走幾步，紳士——即偵探從口袋裡摸出根雪茄開始抽起來。差不多走了一個街區左右，他未發一言，始終在抽着雪茄。湯河不用說肯定是感到自己受到了愚弄，心急上火。

「那，我們還是談談您想調查的事情吧。您想調查我們公司哪個職員的情況？只要我了解的，悉數奉告——」

「您不用說，肯定是清楚的。」

紳士又默默地抽了兩三分鐘雪茄。

「大概是那甚麼，男的說想結婚，所以要調查是吧。」

「不錯不錯。您猜的完全正確。」

「我在人事科工作，經常有人為這種事來調查。這人究竟是誰啊？」

看上去湯河至少對這事兒想產生點興趣，於是充滿好奇地問道。

「嗯，是誰嘛——被您這麼一問倒有點難說了。這人，說實話就是您啊。有人委託在下調查您的情況。這種事與其從

あなたの身元調べを頼まれているんですよ。こんなことは人から間接に聞くよりも、直接あなたに打つかった方が早いと思ったもんですから、それでお尋ねするのですがね」

「僕はしかし、——あなたは御存知ないかも知れませんが、もう結婚した男ですよ。何かお間違いじゃないでしょうか」

「いや、間違いじゃありません。あなたに奥様がおあんなさることは私も知っています。けれどもあなたは、まだ法律上結婚の手続きを済ましてはいらっしゃらないでしょう。そうして近いうちに、できるなら一日も早く、その手続きを済ましたいと考えていらっしゃることも事実でしょう」

「ああそうですか、分りました。するとあなたは僕の家内の実家の方から、身元調べを頼まれた訳なんですね」

「誰に頼まれたかと云うことは、私の職責上申し上げにくいのです。あなたにも大凡お心当りがおありでしょうから、どうかその点は見逃して戴きとうございます」

「ええよござんすとも、そんなことはちっとも構いません。僕自身のことなら何でも僕に聞いて下さい。間接に調べられるよりはその方が僕も気持がよござんすから。——僕はあなたが、そう云う方法を取って下すったことを感謝します」

「はは、感謝して戴いては痛み入りますな。——僕はいつでも(と、紳士も「僕」を使い出しながら)結婚の身元調べなんぞにはこの方法を取っているんです。相手が相当の

別人那裡間接地打聽，還不如直接找您本人來得快。由此才前來拜訪的。」

「不過我 —— 您或許不清楚，我已經是結了婚的人了。是不是弄錯了？」

「不，沒弄錯。在下知道您是有太太的。不過，您還未辦理法律意義上的結婚手續吧。而且您考慮就在最近，可能的話盡早去把手續給辦掉，這也是事實吧。」

「哦哦，這樣啊。我懂了。這麼說來是內人的娘家人委託您調查情況的啊。」

「是由誰委託的，從職業道德上，在下不太好說。估摸着您心裡也有數。這點還勞駕您多多包涵。」

「嗯，當然當然。一點問題都沒有。既然是我本人的事情嘛就來問我好了。比起通過別人間接調查，這更讓我放心 —— 您能採取這樣的方式，我表示感謝。」

「哈哈。要您感謝實在不敢當 —— 不論甚麼時候，我（紳士也開始用起了『我』）在調查婚前情況時都是採取這種方式的。對品格高尚，又有社會地位之人，直截了當地拜訪肯

人格のあり地位のある場合には、実際直接に打つかった方が間違いがないんです。それにどうしても本人に聞かなけりゃ分らない問題もありますからな」

「そうですよ、そうですとも！」

と、湯河は嬉しそうに賛成した。彼はいつの間にか機嫌を直していたのである。

「のみならず、僕はあなたの結婚問題には少なからず同情を寄せております」

紳士は、湯河の嬉しそうな顔をチラと見て、笑いながら言葉を続けた。

「あなたの方へ奥様の籍をお入れなさるのには、奥様と奥様の御実家とが一日も早く和解なさらなけりゃいけませんな。でなければ奥様が二十五歳におなりになるまで、もう三、四年待たなけりゃなりません。しかし、和解なさるには奥様よりも実はあなたを先方へ理解させることが必要なのです。それが何よりも肝心なのです。で、僕もできるだけ御尽力はしますが、あなたもまあそのためと思って、僕の質問に腹蔵なく答えて戴きましょう」

「ええ、そりゃよく分っています。ですから何卒御遠慮なく、——」

「そこでと、——あなたは渡辺君と同期に御在学だったそうですから、大学をお出になったのはたしか大正二年になりますな？——先ず このことからお尋ねしましょう」

定是不會錯的。而且，肯定會有不詢問本人便無從獲知的問題嘛。」

「對呀。就是嘛！」

湯河欣喜地表示了贊同。不知不覺之間，他已然恢復了之前的好心情。

「不僅如此，我對您的婚姻問題頗感同情。」

紳士瞟了一眼湯河喜悅的神情，笑嘻嘻地繼續說道。

「您要把您太太的戶籍加進來，就必須讓您太太和娘家人盡早地和解。不然您太太到二十五歲[①]，還得再等個三四年呢。不過要和解的話，比起您太太來，更需要讓對方先對您有所了解。這可比任何事情都重要。我會盡力而為，您呢，也是為了這個目的，還請您毫無保留地回答我的提問。」

「嗯，這個嘛我非常清楚。因此，請您不必顧慮——」

「那麼好的——聽說您跟渡邊先生是同年入學的，那大

① 日本戰前的法律規定，男性三十歲，女性二十五之前，須徵得雙方父母的同意婚姻方可成立。

「そうです、大正二年の卒業です。そうして卒業するとすぐに今のT・M会社へ這入ったのです」

「さよう、卒業なさるとすぐ、今のT・M会社へお這入りになった。――それは承知していますが、あなたがあの先の奥様と御結婚なすったのは、あれはいつでしたかな。あれは何でも、会社へお這入りになると同時だったように思いますが――」

「ええそうですよ、会社へ這入ったのが九月でしてね、明くる月の十月に結婚しました」

「大正二年の十月と、――(そう云いながら紳士は右の手を指折り数えて、)するとちょうど満五年半ばかり御同棲なすった訳ですね。先の奥様がチブスでお亡くなりになったのは、大正八年の四月だった筈ですから」

「ええ」

と云ったが、湯河は不思議な気がした。「この男は己を間接には調べないと云っておきながら、いろいろのことを調べている」――で、彼は再び不愉快な顔つきになった。

「あなたは先の奥さんを大そう愛していらしったそうですね」

「ええ愛していました。――しかし、それだからと云って今度の妻を同じ程度に愛しないと云う訳じゃありません。亡くなった当座は勿論未練もありましたけれど、その未練は幸いにして癒やしがたいものではなかったのです。今度

學畢業應該是在大正二年[1]？——我們先從這裡開始問吧。」

「沒錯。大正二年畢的業。畢業後馬上就到現在的 T．M 公司工作了。」

「哦，這樣。畢業以後就進入了現在 T．M 公司——這點我清楚。不過，您和您之前的太太結婚，那是在甚麼時候？好像是在進公司的同時結的婚吧。」

「嗯，是的。進公司是在九月份。第二個月，十月份的時候結的婚。」

「大正二年的十月份——（這麼說着紳士扳起右手指數起數來）如此說來同居生活正好滿五年半。之前的太太患傷寒離世，應該是在大正八年四月份的時候。」

「嗯。」

湯河回答是回答了，但不由得納悶起來。「此人說是說不進行間接調查，實際上卻掌握了各式各樣的信息。」——為此，他臉上再次堆起了陰雲。

「據說您對之前的太太懷有深深的愛念。」

「是啊，深深愛過——然而，並不是說因此就對現在的妻子愛得不會那麼深了。前妻去世後的一段時間裡當然對她

---

① 即 1913 年。

の妻がそれを癒やしてくれたのです。だから僕はその点から云っても、ぜひとも久満子と、── 久満子と云うのは今の妻の名前です。お断りするまでもなくあなたは疾うに御承知のことと思いますが、── 正式に結婚しなければならない義務を感じております」

「イヤ御尤もで」

と、紳士は彼の熱心な口調を軽く受け流しながら、

「僕は先の奥さんのお名前も知っております、筆子さんとおっしゃるのでしょう。── それからまた、筆子さんが大変病身なお方で、チブスでお亡くなりになる前にも、たびたびお患いなすったことを承知しております」

「驚きましたな、どうも。さすが御職掌柄で何もかも御存知ですな。そんなに知っていらっしゃるならもうお調べになるところはなさそうですよ」

「あはははは、そうおっしゃられると恐縮です。何分これで飯を食っているんですから、まあそんなにイジメないで下さい。── で、あの筆子さんの御病身のことに就いてですが、あの方はチブスをおやりになる前に一度パラチブスをおやりになりましたね、……こうッと、それはたしか大正六年の秋、十月頃でした。かなり重いパラチブスで、なかなか熱が下らなかったので、あなたが非常に御心配なすったと云うことを聞いております。それからその明くる年、大正七年になって、正月に風邪を引いて五、六日寝ていらしったことがあるでしょう」

相當依戀，很難割捨，但幸好這種創傷並非不可癒合的。現在的妻子撫慰了我的傷痛。就從這點上，我也一定要和久滿子 —— 久滿子即為現在妻子的名字。其實用不着特地說明，您肯定早就清楚 —— 正式結為夫妻，這是我的責任。」

「是啊，您說得對。」

對他熱忱的口吻，紳士輕飄飄地敷衍了一下，繼續說道：

「您前妻的名字我也是知道的。是筆子太太吧 —— 還有個情況，筆子太太身體狀況一直欠佳，罹患傷寒去世之前，也時常患病。這些情況我都了解。」

「哎呀，令人震驚啊。不愧是專業人士，甚麼都逃不過您法眼吶。既然您了解得如此詳盡，那也就沒甚麼值得您再調查的了。」

「啊哈哈哈哈，被您這麼一說惶恐之至啊。怎麼說我也是靠這吃飯的嘛，行了，勞駕您別再調侃我了 —— 那，我們談談筆子太太的身體狀況，她罹患傷寒之前還得過一次副傷寒……唔，差不多是大正六年的秋天，十月份左右。相當嚴重的副傷寒，燒一直退不下去，聽說您為此是相當的擔心憂慮，愁腸百結啊。接着到了第二年，大正七年，一月份裡又得了感冒，有五六天臥床不起吧。」

「ああそうそう、そんなこともありましたっけ」

「その次には又、七月に一度と、八月に二度と、夏のうちは誰にでもありがちな腹下しをなさいましたな。この三度の腹下しのうちで、二度は極く軽微なものでしたからお休みになるほどではなかったようですが、一度は少し重くって一日二日伏せっていらしった。すると、今度は秋になって例の流行性感冒がはやり出して来て、筆子さんはそれに二度もお罹りになった。即ち十月に一遍軽いのをやって、二度目は明くる年の大正八年の正月のことでしたろう。その時は肺炎を併発して危篤な御容態だったと聞いております。その肺炎がやっとのことで全快すると、二た月も立たないうちにチブスでお亡くなりになったのです。――そうでしょうな？　僕の云うことに多分間違いはありますまいな？」

「ええ」

と云ったきり湯河は下を向いて何かしら考え始めた、――二人はもう新橋を渡って歳晩の銀座通りを歩いていたのである。

「全く先の奥さんはお気の毒でした。亡くなられる前後半年ばかりと云うものは、死ぬような大患いを二度もなすったばかりでなく、その間に又胆を冷やすような危険な目にもチョイチョイお会いでしたからな。――あの、窒息事件があったのはいつ頃でしたろうか？」

そう云っても湯河が黙っているので、紳士は独りで頷きながらしゃべり続けた。

「哦，對的對的。好像是有過那麼回事情。」

「接下去，到了七月份有一次，到了八月份有兩次，出現過夏天裡誰都比較容易得的拉肚子的情況。這三次拉肚子，其中有兩次症狀不算特別嚴重，未到需要休息調理的程度。有一次比較厲害，臥床休息了一兩天。接着，到了秋天，爆發流行性感冒，筆子太太被傳染過兩次。即十月份得過一次較輕微的，第二次則是在第二年，大正八年的一月份吧。那次還併發了肺炎，聽説曾出現過病危的狀態。好不容易把肺炎治好，待身體康復了，卻在兩個月都不到的時間裡，因傷寒而與世長辭 —— 是那麼回事情吧。我説的應該沒甚麼出入哦。」

「嗯。」

回應了一聲後，湯河不發一言低下頭開始思考起甚麼來 —— 這時兩個人已經過了新橋，走在了歲末的銀座大街上。

「您前妻真可謂是紅顏薄命。尤其是離世前後半年之間，不僅兩次罹患性命攸關的病症，而且在此期間又險象環生，時不時遭遇令人膽寒的兇險之事 —— 那甚麼，發生窒息事件是在甚麼時候來着？」

湯河緘口不語，並未作答。紳士見狀，獨自頷首繼續説道：

「あれはこうッと、奥さんの肺炎がすっかりよくなって、二、三日うちに床上げをなさろうと云う時分、── 病室の瓦斯ストーブから間違いが起こったのだから何でも寒い時分ですな、二月の末のことでしたろうかな、瓦斯の栓が弛んでいたので、夜中に奥さんがもう少しで窒息なさろうとしたのは。しかし好い塩梅に大事に至らなかったものの、あのために奥さんの床上げが二、三日延びたことは事実ですな。── そうです、そうです、それからまだこんなこともあったじゃありませんか、奥さんが乗合自動車で新橋から須田町へおいでになる途中で、その自動車が電車と衝突して、すんでのことで……」

「ちょっと、ちょっとお待ち下さい。僕はさっきからあなたの探偵眼には少なからず敬服していますが、一体何の必要があって、いかなる方法でそんなことをお調べになったのでしょう」

「いや、別に必要があった訳じゃないんですがね、僕はどうも探偵癖があり過ぎるもんだから、つい余計なことまで調べ上げて人を驚かしてみたくなるんですよ。自分でも悪い癖だと思っていますが、なかなか止められないんです。今じきに本題へ這入りますから、まあもう少し辛抱して聞いて下さい。── で、あの時奥さんは、自動車の窓が壊れたので、ガラスの破片で額へ怪我をなさいましたね」

「そうです。しかし筆子は割りに呑気な女でしたから、そんなにビックリしてもいませんでしたよ。それに、怪我

「那是，唔，您太太肺炎痊癒後，兩三天內準備清理病床之際 —— 因病房的煤氣取暖器操作不當而引發的，所以好像還是天冷的時候，二月末的時候吧。煤氣的閥門鬆開了，半夜裡您太太差一點兒就煤氣中毒。然而所幸情況還算好，沒出甚麼大事兒，不過，為此您太太出院推遲了兩三天，這全是事實吧 —— 對了，對了，那之後不是還發生過這樣的事情嘛。您太太乘坐公共汽車從新橋去往須田町的途中，與電車發生碰撞事故，差那麼一點兒就……」

「等會兒，請等會兒。從方才開始，我對您的偵探之眼是頗為佩服的。然而，究竟有何必要，用各式各樣的手段來調查那些事情。」

「不，倒也不是有甚麼必要。估計是我的偵探癖太過於強烈了，按捺不住會去調查些附贅懸疣之事來嚇唬嚇唬別人。自己也知道是個壞毛病，但就是沒法子戒掉。我們即刻便進入主題了，還勞駕您再忍耐片刻 —— 那麼，當時您太太，因為車窗被撞壞，玻璃碎片傷到了額頭。」

「對的。不過筆子是個安定從容的女人，沒有為此而大驚小怪。況且，受的傷嘛也就是擦破點皮而已。」

と云ってもほんの擦り傷でしたから」

「ですが、あの衝突事件に就いては、僕が思うのにあなたも多少責任がある訳です」

「なぜ？」

「なぜと云って、奥さんが乗合自動車へお乗りになったのは、あなたが電車へ乗るな、乗合自動車で行けとお云いつけになったからでしょう」

「そりゃ云いつけました —— かも知れません。僕はそんな細々したことまでハッキリ覚えてはいませんが、なるほどそう云いつけたようにも思います。そう、そう、たしかにそう云ったでしょう。それはこう云う訳だったんです、何しろ筆子は二度も流行性感冒をやった後でしたろう、そうしてその時分、人ごみの電車に乗るのは最も感冒に感染し易いと云うことが、新聞なぞに出ている時分でしたろう、だから僕の考えでは、電車より乗合自動車の方が危険が少ないと思ったんです。それで決して電車へは乗るなと、固く云いつけた訳なんです、まさか筆子の乗った自動車が、運悪く衝突しようとは思いませんからね。僕に責任なんかある筈はありませんよ。筆子だってそんなことは思いもしなかったし、僕の忠告を感謝しているくらいでした」

「勿論筆子さんは常にあなたの親切を感謝しておいででした、亡くなられる最後まで感謝しておいででした。けれども僕は、あの自動車事件だけはあなたに責任があると思いますね。そりゃあなたは奥さんの御病気のためを考えて

「即便如此，那次車禍，我認為您多少也需要承擔責任的。」

「何以見得？」

「要說理由嘛，之所以乘坐公共汽車去，是因為您不允許您太太坐電車，要求她坐公共汽車去的是吧。」

「是這麼說過 —— 大概。對那些個細枝末節我可記不清楚，不過說嘛好像是說過的。對，對，的確是說過的吧。是那麼回事兒。筆子不是已有兩次被傳染了流行性感冒嘛，那段時間，乘坐擁擠不堪的電車是最容易被傳染到感冒的，那會兒的報紙不是這麼寫了的嘛。所以我覺着，比起電車來，公共汽車的風險會小一些。所以會很強硬地要求她，堅決不要坐電車。然而沒料到，筆子所乘坐的車，那麼倒霉竟然會發生車禍。我應該沒有任何的責任。筆子也根本沒想到會出那種事情，她還感謝我的忠告呢。」

「筆子太太一貫對您的關懷備至、體貼入微心存感激。一直到離世前都感恩戴德。然而，我認為只有那場車禍，您是有責任的。您剛才不是說是考慮到太太的身體狀況才要求她那麼做的嘛。您說得肯定沒錯。雖然如此，我仍然認為您是有責任的。」

そうしろとおっしゃったでしょう。それはきっとそうに違いありません。にも拘らず、僕はやはりあなたに責任があると思いますね」

「なぜ？」

「お分りにならなければ説明しましょう、――あなたは今、まさかあの自動車が衝突しようとは思わなかったとおっしゃったようです。しかし奥様が自動車へお乗りになったのはあの日一日だけではありませんな。あの時分、奥さんは大患いをなすった後で、まだ医者に見て貰う必要があって、一日おきに芝口のお宅から万世橋の病院まで通っていらしった。それも一月くらい通わなければならないことは最初から分っていた。そうしてその間はいつも乗合自動車へお乗りになった。衝突事故があったのはつまりその期間の出来事です。よござんすかね。ところでもう一つ注意すべきことは、あの時分はちょうど乗合自動車が始まり立てで、衝突事故がしばしばあったのです。衝突しやしないかと云う心配は、少し神経質の人にはかなりあったのです。――ちょっとお断り申しておきますが、あなたは神経質の人です、――そのあなたがあなたの最愛の奥さんを、あれほどたびたびあの自動車へお乗せになると云うことは少なくとも、あなたに似合わない不注意じゃないでしょうか。一日おきに一月の間あれで往復するとなれば、その人は三十回衝突の危険に曝されることになります」

「あはははは、其処へ気が付かれるとはあなたも僕に劣

「此話怎講？」

「您若不明白那我來解釋一下吧——方才您像是說，沒料到那輛公共汽車發生碰撞。但您太太乘坐公交並非僅僅是那一天。那段時間，您太太患了重病，得去看醫生，隔天會從芝口的家中到萬世橋的醫院去，而且一開始就知道整個療程要一個月左右。這一個月中一直是坐公交去的。發生車禍那次正是在這一個月之中。沒錯吧。那段時間正好是公共汽車剛開始出現的時候，車禍時有發生。對此問題表現出擔憂的，多少有點神經過敏之人不在少數——這裡我得說一句，您屬於神經過敏之人——像您這樣的人要求您最最心愛的太太，如此頻繁地、每次都坐公交，這種疏忽大意跟您性格是否不相符呢。一個月之間隔天便要坐公交往返，也就是說等同於將您太太置於可能發生三十次車禍的風險之下。」

「啊哈哈哈哈哈。能想到這點，說明您的神經過敏絲毫不

らない神経質ですな。なるほど、そうおっしゃられると、僕はあの時分のことをだんだん思い出して来ましたが、僕もあの時満更それに気が付かなくはなかったのです。けれども僕はこう考えたのです。自動車における衝突の危険と、電車における感冒伝染の危険と、孰方がプロバビリティーが多いか。それから又、仮りに危険のプロバビリティーが両方同じだとして、孰方が余計生命に危険であるか。この問題を考えてみて、結局乗合自動車の方がより安全だと思ったのです。なぜかと云うと、今あなたのおっしゃった通り月に三十回往復するとして、もし電車に乗ればその三十台の電車の孰れにも、必ず感冒の黴菌がいると思わなければなりません。あの時分は流行の絶頂期でしたからそうみるのが至当だったのです。既に黴菌がいるとなれば、其処で感染するのは偶然ではありません。然るに自動車の事故の方はこれは全く偶然の禍です。無論どの自動車にも衝突のポシビリティーはありますが、しかし始めから禍因が歴然と存在している場合とは違いますからな。次にはこういうことも私には云われます。筆子は二度も流行性感冒に罹っています、これは彼女が普通の人よりもそれに罹り易い体質を持っている証拠です。だから電車へ乗れば、彼女は多勢の乗客の内でも危険を受けるべく択ばれた一人とならなければなりません。自動車の場合には乗客の感ずる危険は平等です。のみならず僕は危険の程度に就いてもこう考えました、彼女がもし、三度目に

弱於我吶。這樣啊，您這麼一說，那時候的事情我倒是逐步回憶起來了。其實那時候我並非沒有注意到那一點。然而我是這麼認為的。坐公交發生車禍的風險，與坐電車被傳染的風險，哪種概率更大。如此想來，其實還是乘坐公共汽車來得更安全些。為何這麼說，正如您所說一個月要有三十次往返，而坐電車的話，必定要考慮三十輛電車中肯定會存在感冒病菌。那段時間是流行得最為厲害的時候，如此考慮也算極為妥當。既然細菌存在，那麼被傳染即非偶然。但是汽車的車禍則完全屬於偶然事故。當然每輛車均具有發生車禍的可能，然而與一開始便存在毋庸置疑的禍患可是有區別的。之所以這麼說我也有我的理由。筆子得過兩次流行性感冒，這也就說明其體質要比一般人更容易被傳染。因此坐電車的話，眾多乘客中，她一定是那個最容易被傳染的人。公交的話，乘客所承擔的風險是相同的。不僅如此，就危險的程度而言我還曾這麼考慮過。她若第三次再得流行性感冒，肯定

流行性感冒に罹ったとしたら、必ず又肺炎を起すに違いないし、そうなると今度こそ助からないだろう。一度肺炎をやったものは再び肺炎に罹り易いと云うことを聞いてもいましたし、おまけに彼女は病後の衰弱から十分恢復しきらずにいた時ですから、僕のこの心配は杞憂ではなかったのです。ところが衝突の方は、衝突したから死ぬと極まってやしませんからな。よくよく不運な場合でなけりゃ大怪我をすると云うこともないし、大怪我がもとで命を取られるようなことはめったにありゃしませんからな。そうして僕のこの考えはやはり間違ってはいなかったのです。御覧なさい、筆子は往復三十回の間に一度衝突に会いましたけれど、僅かに擦り傷だけで済んだじゃありませんか」

「なるほど、あなたのおっしゃることは唯それだけ伺っていれば理窟が通っています。何処にも切り込む隙がないように聞えます。が、あなたが只今おっしゃらなかった部分のうちに、実は見逃してはならないことがあるのです。と云うのは、今のその電車と自動車との危険の可能率の問題ですな、自動車の方が電車よりも危険の率が少ない、また危険があってもその程度が軽い、そうして乗客が平等にその危険性を負担する、これがあなたの御意見だったようですが、少なくともあなたの奥様の場合には、自動車に乗っても電車と同じく危険に対して択ばれた一人であったと、僕は思うのです。決して外の乗客と平等に危険に曝されてはいなかった筈です。つまり、自動車が衝突した

又會引發肺炎。那樣的話估計就沒救了。我曾聽說患過一次肺炎者比較容易再次感染肺炎。加之此時係其病後體質虛弱，並未完全恢復之際，我並非杞人憂天。但是再看車禍，發生車禍可並不意味就會死亡。不是太倒霉的話受傷程度也不會太嚴重。因傷情嚴重而丟掉性命之事並不多見。那麼看來的話，我這麼盤算並沒有錯。這不，筆子往返的三十次中出過一次車禍，不也僅僅只是擦破點皮便完事兒了而已嘛。」

「我聽懂了。您所說的若只限於此的話倒也言之有理。聽起來似乎無懈可擊。然而，您方才未作說明的部分中，卻存在不可忽略的地方。這麼說吧，關於電車與公交之風險的概率問題嘛，比起電車來公交的風險較低，即便有風險其程度也較輕，同時對於乘客來說其所承擔的風險均相同，這看起來是您的高論。然而我認為，至少您太太，即便是坐公交，其所冒的風險跟坐電車是相同的。根本不可能與其他乘客承擔同樣的風險。換句話說，公交發生撞擊之時，您太太的命運被置於一種情況之下，其注定先於任何人，並且會遭受比任何人更為嚴重的傷害。這點您不可忽略。」

場合に、あなたの奥様は誰よりも先に、かつ恐らくは誰よりも重い負傷を受けるべき運命の下に置かれていらしった。このことをあなたは見逃してはなりません」

「どうしてそう云うことになるでしょう？僕には分りかねますがね」

「ははあ、お分りにならない？　どうも不思議ですな。——しかしあなたは、あの時分筆子さんにこう云うことをおっしゃいましたな、乗合自動車へ乗る時はいつもなるべく一番前の方へ乗れ、それが最も安全な方法だと——」

「そうです、その安全と云う意味はこうだったのです、——」

「いや、お待ちなさい、あなたの安全と云う意味はこうだったでしょう、——自動車の中にだってやはりいくらか感冒の黴菌がいる。で、それを吸わないようにするには、なるべく風上の方にいるがいいと云う理窟でしょう。すると乗合自動車だって、電車ほど人がこんでいないにしても、感冒伝染の危険が絶無ではない訳ですな。あなたはさっきこの事実を忘れておいでのようでしたな。それからあなたは今の理窟に付け加えて、乗合自動車は前の方へ乗る方が震動が少ない、奥さんはまだ病後の疲労が脱けきらないのだから、なるべく体を震動させない方がいい。——この二つの理由をもって、あなたは奥さんに前へ乗ることをお勧めなすったのです。勧めたと云うよりは寧ろ厳しくお云いつけになったのです。奥さんはあんな正直な方で、あな

「何出此言？我不太明白。」

「哈哈，您不明白？這實在令人匪夷所思啊 —— 當時您跟筆子太太這麼説過，坐公交的時候要盡量坐最前方，因為那是最安全的方法。」

「是呀。所謂安全，其含義是這樣的 —— 」

「哎，等等，您所説的安全，其含義是這樣的吧 —— 即便是公共汽車內也多少存在感冒病菌。由此，為了不被傳染，盡量要待在上風方向才好，是這理由吧。如此説來，公共汽車雖不像電車那樣擁擠不堪，但並不是説毫無被傳染感冒的風險。您方才似乎把這個事實給遺漏了吧。接下去您會在現在所述的理由上再添油加醋一番，坐在公共汽車的前部震動較小，您太太還未完全從病後的虛弱中恢復，所以應盡量不讓身體震動 —— 有了這兩個理由，您便勸説您太太要往前坐。與其説是勸説，不如説是嚴格命令。您太太乃忠實厚道之人，感到切不可辜負了您的關懷體貼，並牢記着要盡量按您命令行事。由此，您所言之事均被切實執行了。」

たの親切を無にしては悪いと考えていらしったから、できるだけ命令通りになさろうと心がけておいででした。そこで、あなたのお言葉は着々と実行されていました」

「……」

「よござんすかね、あなたは乗合自動車の場合における感冒伝染の危険と云うものを、最初は勘定に入れていらっしゃらなかった。いらっしゃらなかったにも拘らず、それを口実にして前の方へお乗せになった、——ここに一つの矛盾があります。そうしてもう一つの矛盾は、最初勘定に入れておいた衝突の危険の方は、その時になって全く閑却されてしまったことです。乗合自動車の一番前の方へ乗る、——衝突の場合を考えたら、このくらい危険なことはないでしょう、其処に席を占めた人は、その危険に対して結局択ばれた一人になる訳です。だから御覧なさい、あの時怪我をしたのは奥様だけだったじゃありませんか、あんな、ほんのちょっとした衝突でも、外のお客は無事だったのに奥様だけは擦り傷をなすった。あれがもっとひどい衝突だったら、外のお客が擦り傷をして奥様だけが重傷を負います。更にひどかった場合には、外のお客が重傷を負って奥様だけが命を取られます。——衝突と云うことは、おっしゃるまでもなく偶然に違いありません。しかしその偶然が起った場合に、怪我をすると云うことは、奥様の場合には偶然でなく必然です」

二人は京橋を渡った、が、紳士も湯河も、自分たちが今

「……」

「說得沒錯吧。您一開始並未將公共汽車上被傳染感冒的風險考慮進去。雖未考慮進去，但卻以此為藉口讓您太太坐在了公共汽車前方 —— 此乃一處矛盾。接下去還有一處矛盾，一開始便考慮到的車禍風險，那時卻棄之不顧了。坐在公共汽車的最前方，—— 若是發生碰撞，則沒有比這再危險的事情了。坐在那個座位上之人，則是被置於最危險境地之人。所以您看，當時受傷者不是只有您太太嘛。就連那種不算太嚴重碰撞，其他乘客均安然無恙而只有您太太受了皮外傷。若發生比之更為嚴重的車禍，其他乘客受點皮外傷，而只有您太太會遭受嚴重的傷害。當發生還要嚴重的車禍時，其他乘客受重傷，而只有您太太會丟掉性命 —— 車禍的發生，不用說肯定是偶然的。然而這個偶然一旦發生了，按您太太的情況，受傷，不會是偶然而是必然的。」

兩人走過了京橋，但，無論是紳士還是湯河，都彷彿忘

何処を歩いているかをまるで忘れてしまったかのように、一人は熱心に語りつつ一人は黙って耳を傾けつつ真直ぐに歩いて行った。——

「ですからあなたは、或る一定の偶然の危険の中へ奥様を置き、そうしてその偶然の範囲内での必然の危険の中へ、更に奥様を追い込んだと云う結果になります。これは単純な偶然の危険とは意味が違います。そうなると果して電車より安全かどうか分らなくなります。第一、あの時分の奥様は二度目の流行性感冒から直ったばかりの時だったのです。従ってその病気に対する免疫性を持っておられたと考えるのが至当ではないでしょうか。僕に云わせれば、あの時の奥様には絶対に伝染の危険はなかったのでした。択ばれた一人であっても、それは安全な方へ択ばれていたのでした。一度肺炎に罹ったものがもう一度罹り易いと云うことは、或る期間をおいての話です」

「しかしですね、その免疫性と云うことも僕は知らないじゃなかったんですが、何しろ十月に一度罹って又正月にやったんでしょう。すると免疫性もあまりアテにならないと思ったもんですから、……」

「十月と正月との間には二た月の期間があります。ところがあの時の奥様はまだ完全に直り切らないで咳をしていらしったのです。人から移されるよりは人に移す方の側だったのです」

「それからですね、今お話の衝突の危険と云うこともで

記了自己如今身在何處。一人在滔滔不絕，而另一人則默然傾聽，兩人筆直朝前走去——

「所以您呢，將您太太置於某種程度偶發的風險之中，其結果是將您太太逼到了偶然範圍之內，卻必然發生的風險之中。這與純粹的偶發風險的含義不同。如此看來我們並無法得知公交是否比電車更安全。最重要的是，當時您太太患第二次流感剛剛痊癒。由此考慮對此病症具有免疫力才是正確的。讓我說的話，當時您太太絕無被傳染的風險。若說被選擇，那也是被安全那一方所選擇。至於患過一次肺炎者容易再患，這是指某個時期之內。」

「不過，我並不是不知道免疫力這一說。十月份得過一次到了一月份不是又得了一次嘛。因此我覺得免疫力甚麼的也指望不了……」

「十月份與一月份之間有兩個月的時間。但當時您太太未完全康復，還有點咳嗽。與其說會被別人傳染，還不如說會傳染給別人。」

「還有就是，方才您說的車禍風險。既然車禍這件事情已

すね、既に衝突その物が非常に偶然な場合なんですから、その範囲内での必然と云ってみたところが、極く極く稀なことじゃないでしょうか。偶然の中の必然と単純な必然とはやはり意味が違いますよ。況んやその必然なるものが、必然怪我をすると云うだけのことで、必然命を取られると云うことにはならないのですからね」

「けれども偶然ひどい衝突があった場合には必然命を取られると云うことは云えましょうな」

「ええ云えるでしょう、ですがそんな論理的遊戯をやったってつまらないじゃありませんか」

「あははは、論理的遊戯ですか、僕はこれが好きだもんですから、ウッカリ図に乗って深入りをし過ぎたんです、イヤ失礼しました。もうじき本題に這入りますよ。── で、這入る前に、今の論理的遊戯の方を片付けてしまいましょう。あなただって、僕をお笑いなさるけれど実はなかなか論理がお好きのようでもあるし、この方面では或は僕の先輩かも知れないくらいだから、満更興味のないことではなかろうと思うんです。そこで、今の偶然と必然の研究ですな、あれを或る一個の人間の心理と結び付ける時に、ここに新たなる問題が生じる、論理が最早や単純な論理でなくなって来ると云うことに、あなたはお気付きにならないでしょうか」

「さあ、大分むずかしくなって来ましたな」

「なにむずかしくも何ともありません。或る人間の心理と

經是相當偶發的了，那麼要說其範圍內的必然，難道不是極為罕見、世所罕有的嘛。偶然中的必然與純粹的必然，其含義是不同的。何況這必然指的是，必然會受傷，並非是說必然會丟掉性命。」

「但可以說偶然發生嚴重車禍的話，必然會丟掉性命吧。」

「對，可以這麼說。但，玩這種邏輯遊戲又有何意義呢。」

「啊哈哈哈，邏輯遊戲，我倒是挺熱衷的。稍不注意就有點忘乎所以，難以自拔了。失敬失敬。我們即刻便可進入主題——那，進入主題之前，先把剛才的邏輯遊戲給處理掉吧。您雖然笑話我，但您似乎對邏輯問題也頗有興致，這方面沒準兒您還是前輩呢，所以看起來也不是一點兒興趣都沒有嘛。剛才說的偶然與必然的研究，將其與某個人的心理結合起來考慮，又會產生新的問題。邏輯就已非純粹的邏輯問題了，這點您沒注意到吧。」

「嗯，變得越來越複雜了。」

「哪兒來的甚麼複雜呀。某個人的心理指的其實是犯罪

云ったのはつまり犯罪心理を云うのです。或る人が或る人を間接な方法で誰にも知らせずに殺そうとする。——殺すと云う言葉が穏当でないなら、死に至らしめようとしている。そうしてそのために、その人をなるべく多くの危険へ露出させる。その場合に、その人は自分の意図を悟らせないためにも、又相手の人を其処へ知らず識らず導くためにも、偶然の危険を択ぶよりほか仕方がありません。しかしその偶然の中に、ちょいとは目に付かない或る必然が含まれているとすれば、なおさらお誂え向きだと云う訳です。で、あなたが奥さんを乗合自動車へお乗せになったことは、たまたまその場合と外形において一致してはいないでしょうか？　僕は『外形において』と云います、どうか感情を害しないで下さい。無論あなたにそんな意図があったとは云いませんが、あなたにしてもそう云う人間の心理はお分りになるでしょうな」

「あなたは御職掌柄妙なことをお考えになりますね。外形において一致しているかどうか、あなたの御判断にお任せするより仕方がありませんが、しかしたった一月の間、三十回自動車で往復させただけで、その間に人の命が奪えると思っている人間があったら、それは馬鹿か気違いでしょう。そんな頼りにならない偶然を頼りにする奴もないでしょう」

「そうです、たった三十回自動車へ乗せただけなら、その偶然が命中する機会は少ないと云えます。けれどもいろ

心理。某個人利用間接的方法神不知鬼不覺地將某個人殺害——若是殺害這個詞用得不甚恰當的話，就説致死吧。為了達到此目的，會將其置於盡量多的風險之下。而此種情況下，此人為了隱瞞其意圖，同時又為了將對方在不知不覺之中引入其中，除了選擇偶發的風險之外別無他法。而這種偶然之中，若存在不太引人注目的必然性，則更可稱之為快心遂意了。您讓您太太乘坐公共汽車之事，不是正巧與此種情況從表面上看起來頗為一致嗎？我説的是『從表面上看起來』，請您不要有甚麼不快。當然並不是説您有過這樣的意圖，不過您也是能理解方才所述之人的心理的吧。」

「您的職業習慣會讓您思考些莫名其妙的問題啊。從表面上來看是否一致，沒法子只能隨便由您來判別了，然而只在一個月的時間內，僅僅三十次公交的往返，若是有人認為在此期間便能奪人性命的話，這人肯定不是傻瓜便是瘋子。根本不會有人去利用這種靠不住的偶然性的。」

「對，如果僅僅是讓其乘坐三十次公共汽車，偶然發生事故的概率確實很少。然而從各個方面搜尋各式各樣的風險，

いろな方面からいろいろな危険を捜し出して来て、その人の上へ偶然を幾つも幾つも積み重ねる、——そうするとつまり、命中率が幾層倍にも殖えて来る訳です。無数の偶然的危険が寄り集って一個の焦点を作っている中へ、その人を引き入れるようにする。そうなった場合には、もうその人の蒙る危険は偶然でなく、必然になって来るのです」

「——とおっしゃると、たとえばどう云う風にするのでしょう？」

「たとえばですね、ここに一人の男があってその妻を殺そう、——死に至らしめようと考えている。然るにその妻は生れつき心臓が弱い。——この心臓が弱いと云う事実の中には、既に偶然的危険の種子が含まれています。で、その危険を増大させるために、ますます心臓を悪くするような条件を彼女に与える。たとえばその男は妻に飲酒の習慣を付けさせようと思って、酒を飲むことをすすめました。最初は葡萄酒を寝しなに一杯ずつ飲むことをすすめる、その一杯をだんだんに殖やして食後には必ず飲むようにさせる、こうして次第にアルコールの味を覚えさせました。しかし彼女はもともと酒を嗜む傾向のない女だったので、夫が望むほどの酒飲みにはなれませんでした。そこで夫は、第二の手段として煙草をすすめました。『女だってそのくらいな楽しみがなけりゃ仕様がない』そう云って、舶来のいい香いのする煙草を買って来ては彼女に吸わせました。ところがこの計画は立派に成功して、一月ほどのうち

將這種種的偶然堆積到一個人的身上 —— 這麼做也就是說，命中率便會增加幾倍。將無數個偶發的風險歸集到一個焦點，再將此人引入其中。如此這般，此人所遭受的風險則不是偶然，而將成為必然。」

「—— 您這麼說的話，比方會以何種方式進行呢？」

「比方說吶，某個男人要想謀殺妻子 —— 要想將其致死。而其妻生來心臟就比較虛弱 —— 心臟虛弱這樁事實之中，已經具有偶發風險的要素。那麼，為了使風險概率有所增大，需要給她製造讓其心臟越發虛弱的條件。比方說這個男人為讓其妻養成飲酒的習慣，誘其妻飲酒。一開始是每天就寢前喝一杯葡萄酒，接下來開始加量，誘其餐後也須飲酒。逐漸使其妻領略到酒的滋味兒。然而其妻原本便無嗜酒的癖好，並未成為丈夫希求的酒徒。於是丈夫使出了第二個手段，誘其妻吸煙。謂之『女人嘛連這點嗜好都沒有怎麼行』，並買來進口的香氣高雅的捲煙供其吸用。不過這個計劃倒是完美成功，一個月之中，其妻成了名副其實的煙民，就算想戒也戒

に、彼女はほんとうの喫煙家になってしまったのです。もう止そうと思っても止せなくなってしまったのです。次に夫は、心臓の弱い者には冷水浴が有害であることを聞き込んで来て、それを彼女にやらせました。『お前は風を引き易い体質だから、毎朝怠らず冷水浴をやるがいい』と、その男は親切らしく妻に云ったのです。心の底から夫を信頼している妻は直ちにその通り実行しました。そうして、それらのために自分の心臓がいよいよ悪くなるのを知らずにいました。ですがそれだけでは夫の計画が十分に遂行されたとは云えません。彼女の心臓をそんなに悪くしておいてから、今度はその心臓に打撃を与えるのです。つまり、なるべく高い熱の続くような病気、——チブスとか肺炎とかに罹り易いような状態へ、彼女を置くのですな。その男が最初に択んだのはチブスでした。彼はその目的で、チブス菌のいそうなものを頻りに細君に喰べさせました。『亜米利加人は食事の時に生水を飲む、水をベスト・ドリンクだと云って賞美する』などと称して、細君に生水を飲ませる。刺身を喰わせる。それから、生の牡蠣と心太にはチブス菌が多いことを知って、それを喰わせる。勿論細君にすすめるためには夫自身もそうしなければなりませんでしたが、夫は以前にチブスをやったことがあるので、免疫性になっていたんです。夫のこの計画は、彼の希望通りの結果を齎しはしませんでしたが、殆ど七分通りは成功しかかったのです。と云うのは、細君はチブスにはなりません

不掉了。接下去丈夫打聽來洗冷水澡對心臟虛弱者有害的消息，誘其妻嘗試。男人貌似善意地謂之其妻:『你屬於易得感冒的體質，每日早晨洗冷水澡有益。』從心底裡對丈夫深信不疑的妻子立即照辦，卻不知因此而導致自己的心臟越發孱弱。而僅僅如此並不表明丈夫的計劃已充分施行。將妻子的心臟弄得愈加衰竭後，接着便是要向其心臟發起攻擊。也就是說，要將妻子置於易患持續高熱的疾病——傷寒或是肺炎等的狀態之中。一開始男人選擇的是傷寒。為此目的，他不時地勸誘妻子食用一些看起來帶有傷寒菌的食物。他稱『美國人用餐時飲用生水，讚美水為最佳飲品』，誘其妻飲用生水，並食用生魚片等生食。他知道生蠔、寒天[①]中含有較多傷寒菌，亦誘其食用。當然在勸誘妻子的同時，丈夫也須食用。但丈夫以前曾患過傷寒，已具有免疫力。丈夫的計劃雖未帶來其期待的結果，但差不多業已成功了七成左右。因為妻子

① 寒天，一種海藻萃取食物，類似涼粉，可生食。

でしたけれども、パラチブスにかかりました。そうして一週間も高い熱に苦しめられました。が、パラチブスの死亡は一割内外に過ぎませんから、幸か不幸か心臓の弱い細君は助かりました。夫はその七分通りの成功に勢いを得て、その後も相変らず生物を食べさせることを怠らずにいたので、細君は夏になるとしばしば下痢を起しました。夫はその度毎にハラハラしながら成り行きを見ていましたけれど、生憎にも彼の注文するチブスには容易に罹らなかったのです。するとやがて、夫のためには願ってもない機会が到来したのです。それは一昨年の秋から翌年の冬へかけての悪性感冒の流行でした。夫はこの時期においてどうしても彼女を感冒に取り憑かせようとたくらんだのです。十月早々、彼女は果してそれに罹りました、——なぜ罹ったかと云うと、彼女はその時分、咽喉を悪くしていたからです。夫は感冒予防の嗽いをしろと云って、わざと度の強い過酸化水素水を拵えて、それで始終彼女に嗽いをさせていました。そのために彼女は咽喉カタールを起していたのです。のみならず、ちょうどその時に親戚の伯母が感冒に罹ったので、夫は彼女を再三其処へ見舞いにやりました。彼女は五たび目に見舞いに行って、帰って来るとすぐに熱を出したのです。しかし、幸いにしてその時も助かりました。そうして正月になって、今度は更に重いのに罹ってとうとう肺炎を起したのです。……」

こう云いながら、探偵はちょっと不思議なことをやっ

雖未患上傷寒，卻得了副傷寒，由此經歷了一週左右高燒的痛苦。副傷寒的死亡率不過一成左右，不知是萬幸還是不幸，總之心臟衰弱的妻子是得救了。而丈夫更是藉着這七分成功之勢，之後也不遺餘力地跟先前一樣誘其妻食用生食，因此到了夏季，妻子時常引發腹瀉。丈夫每次都頗為緊張地關注着事態的發展，但沒想到的是，妻子並未很簡單地就患上其所期冀的傷寒。不久之後，丈夫終於等來了求之不得的機會。即前年秋季到第二年冬季流行的惡性感冒。在此期間丈夫千方百計想讓其妻被傳染上感冒。進入十月份不久，妻子最終是得了感冒。——怎麼會得的呢。那段時間裡，妻子嗓子不舒服。丈夫謂其妻預防感冒須漱口，故意調製了較強烈的雙氧水，始終讓其妻用此水漱口。由此，其妻患上了咽喉黏膜炎。不僅如此，那段時間他們的伯母患了感冒，丈夫再三要求妻子前去探望。其妻第五次探望歸家後，開始發高燒。所幸當時算痊癒了。直到一月份，這次病情加重，終於併發了肺炎……」

這麼說着說着，偵探做了個頗為玄妙的動作——如同輕

た、――持っていた葉巻の灰をトントンと叩き落すような風に見せて、彼は湯河の手頸の辺を二、三度軽く小突いたのである、――何か無言の裡に注意をでも促すような具合に。それから、あたかも二人は日本橋の橋手前まで来ていたのだが、探偵は村井銀行の先を右へ曲って、中央郵便局の方角へ歩き出した。無論湯河も彼に喰着いて行かなければならなかった。

「この二度目の感冒にも、やはり夫の細工がありました」

と、探偵は続けた。

「その時分に、細君の実家の子供が激烈な感冒に罹って神田のS病院へ入院することになりました。すると夫は頼まれもしないのに細君をその子供の付添人にさせたのです。それはこう云う理窟からでした、――『今度の風邪は移り易いからめったな者を付き添わせることはできない。私の家内はこの間感冒をやったばかりで免疫になっているから、付添人には最も適当だ』――そう云ったので、細君もなるほどと思って子供の看護をしているうちに、再び感冒を背負い込んだのです。そうして細君の肺炎はかなり重態でした。幾度も危険のことがありました。今度こそ夫の計略は十二分に効を奏しかかったのです。夫は彼女の枕許で彼女が夫の不注意からこう云う大患になったことを詫りましたが、細君は夫を恨もうともせず、何処までも生前の愛情を感謝しつつ静かに死んでいきそうにみえました。けれども、もう少しと云うところで今度も細君は助かっ

輕彈落手上捲煙煙灰似的，他在湯河的手腕外側輕叩了兩三次——這種默不作聲的舉動，其背後彷彿是對湯河的一種提醒。兩人正好走到日本橋的前方，偵探從村井銀行前向右拐，朝着中央郵局的方向走了下去。湯河自然也不得不緊跟上他。

「第二次感冒，其實是丈夫在暗中搗的鬼。」

偵探繼續説道。

「當時，妻子娘家有孩子患了相當厲害的感冒，住進了神田的S醫院。在未被要求的情況下，丈夫指使其妻去醫院陪護。他的理由是——『這次感冒相當容易傳染，一般人不宜陪護。內人此前剛患過感冒，已具免疫力，最適宜擔任護理工作。』這麼一説，妻子也覺其所言極是。然而，在陪護孩子期間，再次患上了感冒。這回的肺炎又相當嚴重，出現了多次危險狀態。這一回丈夫的計謀差不多就要取得十二分的成功了。因為自己的疏忽大意而導致妻子罹患如此的重症，丈夫在妻子的枕邊乞求其原諒，而妻子看起來並未怪罪、記恨丈夫，僅僅是對自己生前的愛情表達了無盡的感激之情，並平靜地等待着死神的降臨。然而，危急時刻妻子卻從死神手

てしまったのです。夫の心になってみれば、九仞の功を一簣に虧いた、——とでも云うべきでしょう。そこで、夫は又工夫を凝らしました。これは病気ばかりではいけない、病気以外の災難にも遇わせなければいけない、——そう考えたので、彼は先ず細君の病室にある瓦斯ストオブを利用しました。その時分細君は大分よくなっていたから、もう看護婦も付いてはいませんでしたが、まだ一週間ぐらいは夫と別の部屋に寝ている必要があったのです。で、夫は或る時偶然にこう云うことを発見しました。——細君は、夜眠りに就く時は火の用心を慮って瓦斯ストオブを消して寝ること。瓦斯ストオブの栓は、病室から廊下へ出る閾際にあること。細君は夜中に一度便所へ行く習慣があり、そうしてその時には必ずその閾際を通ること。閾際を通る時に、細君は長い寝間着の裾をぞろぞろ引き擦って歩くので、その裾が五度に三度までは必ず瓦斯の栓に触ること。もし瓦斯の栓がもう少し弱かったら、裾が触った場合にそれが弛むに違いないこと。病室は日本間ではあったけれども、建具がシッカリしていて隙間から風が洩らないようになっていること。——偶然にも、其処にはそれだけの危険の種子が準備されていました。ここにおいて夫は、その偶然を必然に導くにはほんの僅かの手数を加えればいいと云うことに気が付きました。それは即ち瓦斯の栓をもっと緩くしておくことです。彼は或る日、細君が昼寝をしている時にこっそりとその栓へ油を差して其処を滑

中被拉了回來。從丈夫內心來看，肯定是所謂為山九仞、功虧一簣的心態吧。於是，丈夫又開始處心積慮。不能只在疾病上做文章，也得考慮讓其妻發生其他的意外——這麼想之後，他首先謀劃利用妻子病房內的煤氣取暖器。那段時間，妻子的情況已有了很大的好轉，雖不再需要護士的監護，但還有一週左右須和丈夫分睡兩個房間。丈夫在某個時候很偶然地發現了這樣的事情——妻子在晚上就寢之前考慮到火燭須小心，會將煤氣取暖器關掉後入睡。煤氣取暖器的開關就在隔開病房與走廊的門檻之上。妻子在夜間有起夜一次的習慣，而這時準保會跨越門檻走出病房。跨越門檻之際，妻子長睡袍的下襬拖曳牽拉，五次中有三次必定會觸碰到煤氣閥門。若煤氣閥門不是太緊的話，被睡袍下襬觸碰到則肯定會導致其有所鬆動。病房雖是和式房間，但門窗均無甚隙縫，密不透風——這些偶然，讓此處已具備了風險的要素。丈夫察覺到，要將此偶然引向必然，只需再使出點微小的手段便可，也就是將煤氣閥門弄得再鬆一些。某日，趁着妻子午睡之機，他偷偷地給閥門上了油，致使閥門易產生鬆動。他的

かにしておきました。彼のこの行動は、極めて秘密の裡に行われた筈だったのですが、不幸にして彼は自分が知らない間にそれを人に見られていたのです。――見たのはその時分彼の家に使われていた女中でした。この女中は、細君が嫁に来た時に細君の里から付いて来た者で、非常に細君思いの、気転の利く女だったのです。まあそんなことはどうでもよござんすがね、――」

探偵と湯河とは中央郵便局の前から兜橋を渡り、鎧橋を渡った。二人はいつの間にか水天宮前の電車通りを歩いていたのである。

「――で、今度も夫は七分通り成功して、残りの三分で失敗しました。細君は危く瓦斯のために窒息しかかったのですが、大事に至らないうちに眼を覚まして、夜中に大騒ぎになったのです。どうして瓦斯が洩れたのか、原因は間もなく分りましたけれど、それは細君自身の不注意と云うことになったのです。その次に夫が択んだのは乗合自動車です。これはさっきもお話したように、細君が医者へ通うのを利用したので、彼はあらゆる機会を利用することを忘れませんでした。そこで自動車もまた不成功に終った時に、更に新しい機会を掴みました。彼にその機会を与えた者は医者だったのです。医者は細君の病後保養のために転地することをすすめたのです。何処か空気のいい処へ一月ほど行っているように、――そんな勧告があったので、夫は細君にこう云いました、『お前は始終患ってばかりいるのだか

這個行為，自然是在極為秘密的情況下進行的，然而不幸的是，他自己未意識到，這一切卻已被人盡收眼底——目睹這一幕的是當時家中的女傭。這位女傭是其妻出嫁時從老家帶來的。對小姐無微不至、忠心耿耿，同時又是個聰慧伶俐的女子。唔，這些事情就算了，不談也罷。」

偵探與湯河從中央郵局前走過了兜橋，又過了鎧橋，不知何時兩人已走在了水天宮前的電車大道上了。

「——那麼，這回丈夫又是成功了七分，卻還是敗在了剩下的三分上。妻子命懸一線，因煤氣泄漏差點兒就導致中毒窒息，所幸在未產生嚴重後果前醒了過來，夜半時分驚惶失措，鬧將起來。煤氣為何會發生泄漏，沒多久原因就被調查了出來，結果被說成是由於妻子自己不當心而造成的。接下去丈夫選擇的是公共汽車，正如方才講述過的一樣，妻子乘坐公共汽車去看醫生，而丈夫則未忘記利用所有機會來完成其計劃。當利用公共汽車的圖謀又一次失敗時，丈夫則又抓住了新的機會。這回給予其機會者乃是醫生。為確保妻子病後的療養，醫生建議換處地方，找個空氣清新良好的地方療養一個月左右——聽了醫生這樣的建議後，丈夫對其妻說了如下這番話：『你一直體弱多病，與其換個地方療養一兩個月，還不如我們把整個家都搬到空氣更新鮮的地方去。不過說是這麼說，也不可能搬得太偏遠。在大森附近置個家如何。

ら、一月や二月転地するよりもいっそ家中でもっと空気のいい処へ引越すことにしよう。そうかと云って、あまり遠くへ越す訳にもいかないから、大森辺へ家を持ったらどうだろう。彼処なら海も近いし、己が会社へ通うのにも都合がいいから』この意見に細君はすぐ賛成しました。あなたは御存知かどうか知りませんが、大森は大そう飲み水の悪い土地だそうですな、そうしてそのせいか伝染病が絶えないそうですな、――殊にチブスが。――つまりその男は災難の方が駄目だったので再び病気を狙い始めたのです。で、大森へ越してからは一層猛烈に生水や生物を細君に与えました。相変らず冷水浴を励行させ喫煙をすすめてもいました。それから、彼は庭を手入れして樹木を沢山に植え込み、池を掘って水溜りを拵え、又便所の位置が悪いと云ってそれを西日の当るような方角に向き変えました。これは家の中に蚊と蠅とを発生させる手段だったのです。いやまだあります、彼の知人のうちにチブス患者ができると、彼は自分は免疫だからと称してしばしば其処へ見舞いに行き、たまには細君にも行かせました。こうして彼は気長に結果を待っている筈でしたが、この計略は思いのほか早く、越してからやっと一月も立たないうちに、かつ今度こそ十分に効を奏したのです。彼が或る友人のチブスを見舞いに行ってから間もなく、其処には又どんな陰険な手段が弄されたか知れませんが、細君はその病気に罹りました。そうして遂にそのために死んだのです。――どうですか、これはあなたの場合

那裡離大海也不遠，我去公司上班也比較方便。』妻子對這個建議當即表示了贊成。不知您有否所聞，大森這地方飲用水的水質相當差，因為這個原因，傳染病絡繹不絕——尤其是傷寒——這意味着，一看事故均告失敗，這男人再次開始將目標轉向了疾病。將家搬至大森後，丈夫較之前更頻繁地誘其妻飲用生水，食用生食，並跟以前一樣，鼓勵其妻洗冷水澡，誘其吸煙。接着他修葺庭院，栽樹植木，掘地造池，又説甚麼衛生間位置不好，將其朝向改成太陽西曬的角度。這些均是為了營造家中蚊蠅滋生的手段。還有還有，他朋友中出現患傷寒者，他便稱自己具有免疫力，時常前去探望，偶爾也會讓其妻陪同前往。如此這般，他原本是抱着相當大的耐心在等待結果的，卻不想其計謀比預計得要早，在家搬過來一個月都不到的時間裡便得逞了，並且這次相當完美地達到了預期的效果。在他去探望了某個患傷寒的朋友後不久，這之間他又耍了何種陰險毒辣的手段，就不得而知了，總之其妻染上了那種病，並終究因此而撒手塵寰——怎麼樣，您的情況，從表面上看起來與此不是完全保持一致嗎？」

に、外形だけはそっくり当てはまりはしませんかね」

「ええ、── そ、そりゃ外形だけは ──」

「あはははは、そうです、今までのところでは外形だけはです。あなたは先の奥さんを愛していらしった、ともかく外形だけは愛していらしった。しかしそれと同時に、あなたはもう二、三年も前から先の奥様には内証で今の奥様を愛していらしった。外形以上に愛していらしった。すると、今までの事実にこの事実が加わって来ると、先の場合があなたに当てはまる程度は単に外形だけではなくなって来ますな。──」

二人は水天宮の電車通りから右へ曲った狭い横町を歩いていた。横町の左側に「私立探偵」と書いた大きな看板を掲げた事務所風の家があった。ガラス戸の嵌った二階にも階下にも明りが煌々と燈っていた。其処の前まで来ると、探偵は「あはははは」と大声で笑い出した。

「あはははは、もういけませんよ。もうお隠しなすってもいけませんよ。あなたはさっきから顫えていらっしゃるじゃありませんか。先の奥様のお父様が今夜僕の家であなたを待っているんです。まあそんなに怯えないでも大丈夫ですよ。ちょっと此処へお這入んなさい」

彼は突然湯河の手頸を掴んでぐいと肩でドーアを押しながら明るい家の中へ引き擦り込んだ。電燈に照らされた湯河の顔は真青だった。彼は喪心したようにぐらぐらとよろめいて其処にある椅子の上に臀餅をついた。

「呃——那，那不過是表面上——」

「啊哈哈哈哈，對，到目前為止還僅僅是表面上。您愛着您的前妻，總而言之僅僅是表面上愛着她。然而與此同時，您早在兩三年前便背着您的前妻，愛上了現在的妻子。這就不僅僅是停留在表面上的愛了。那麼，至今為止的情況再加上現在這個事實，方才那些情況，與您完全保持一致的程度，就不僅僅是表面上看起來了的吶。」

兩人從水天宮的電車道向右拐，走進一條狹窄的弄堂。弄堂左側有幢掛着「私立偵探」的大廣告牌，看似像辦公樓的建築物。二樓的玻璃窗以及樓下都亮着明晃晃耀眼的燈光。走到這幢樓前，偵探「啊哈哈哈哈」地高聲笑了起來。

「啊哈哈哈哈，瞞不住啦。再試圖隱瞞也瞞不住啦。從之前開始您就一直在發抖不是。您前妻的父親今晚在我家中等着您呢。哎，沒事兒，用不着那麼膽戰心驚嘛。您還是給我進去吧。」

他突然擒住了湯河的手腕，邊用肩膀頂開大門，邊將其拽進了亮堂的建築物中。被電燈照射着的湯河，臉色發青。他魂靈出了竅般，搖搖晃晃無力癱軟了下來，一屁股癱坐在擺放在那兒的椅子上。

譯者解讀

蓋然性犯罪的先驅之作

——谷崎潤一郎與《途中》

眾所周知，谷崎潤一郎乃世界公認的文豪。在漫長的作家生涯中，谷崎一直保持了旺盛的創作精力，為日本乃至世界文壇貢獻了大量傳世之作。比如《刺青》《春琴抄》《細雪》《陰翳禮贊》等小説與文化隨筆，均為膾炙人口的名作。近年公開的資料顯示，谷崎曾於 1958 年至 1962 年先後四次被提名諾貝爾文學獎，1960 年曾進入最終提名。雖然多次與這項舉世矚目的文學獎項擦肩而過，令人頗為遺憾，但這並未影響谷崎潤一郎在整個世界文壇的成就與地位。

作為以情愛小説見長的唯美派作家，谷崎潤一郎還令人意外地在偵探、犯罪小説上亦有獨到的建樹，被稱為日本偵探小説的「中興之祖」。谷崎潤一郎在二十世紀二十年代前後集中創作了一批具有現代推理小説雛形的作品，比如《柳湯事件》(1917 年)、《白晝鬼語》(1917 年)、《前科者》(1918 年)、《人面疽》(1918 年)、《被詛咒的戲曲》(1919 年)、《我》(1920

年)、《某種犯罪的動機》(1922 年) 等。這些作品不僅開日本偵探推理文學之先河，而且在故事構架、人物塑造上為同類型小說的發展壯大奠定了基礎。為此，江户川亂步與橫溝正史分別在題為《谷崎潤一郎與陀思妥耶夫斯基》《谷崎先生與日本偵探小說》的隨筆中，不約而同地回憶起自身的文學之路均曾深受谷崎潤一郎作品的影響。

不僅僅是江户川亂步與橫溝正史，谷崎潤一郎獨特的審美意識以及細膩感性的描寫手法，對日本戰前推理小說的創作產生了直接的影響。為此，推理小說評論家權田萬治在《深海魚之夢——戰前偵探小說之特質》中提出，戰前推理小說中之所以會出現大量的「變格派」作品，其原因之一可總結為，受到了以谷崎潤一郎為首，包括佐藤春夫、宇野浩二等純文學作家的影響。

短篇小說《途中》發表於 1920 年 1 月的《改造》雜誌。小說通過私家偵探安藤一郎與公司職員湯河勝太郎在路途之中的對話，逐步引出一系列經過精心策劃的犯罪事實。小說在創作上有兩點頗具獨到之處。一是小說的敘事結構完全通過對話方式來構建。谷崎潤一郎一反其所擅長的纏綿悱惻的寫作手法，在小說中並未過多地添加修飾性描寫，而是以機鋒暗含的陳述、唇槍舌劍的辯論，為讀者呈現了一齣精彩的獨幕偵探劇。二是對於犯罪手法的描繪並未走尋常路線。小說自始至終圍繞着一個主題進行推斷與印證，即蓋然性犯罪的問題。所謂蓋然性，其意為有一定的可能，然而卻又非必然。因此，這種犯罪手法顯然不同於一般的伎倆，其中謀劃之精心、部署之周密、偽裝之巧妙，讀來着實令人倒抽一口冷氣。同時，對谷崎潤一郎「講故事」的技巧不由心生欽佩。

江户川亂步曾在隨筆《蓋然性犯罪(Crime in Probability)》中舉例詳述了多部西方犯罪小說中對同類犯罪手法的描繪。並認為在日本，谷崎潤一郎的《途中》乃蓋然性犯罪的先驅之作。亂步毫不吝惜對《途中》的讚美，認為無論其新穎的敘事手法還是縝密的推理印證都完全可與西方同類小說相匹敵，讚譽其為「具有劃時代意義的偵探小說」，同時亦是「值得日本引以為豪的偵探小說」。不僅如此，亂步受《途中》的啟發與影響，還嘗試創作了短篇小說《紅房間》。由此我們可看出，谷崎潤一郎被稱作日本推理小說的「中興之祖」，所言不虛。然而，頗為耐人尋味的是，谷崎潤一郎自身對《途中》卻有着另一番解讀。

發表於 1930 年 4 月的《新青年》雜誌上的隨筆《春寒》中，谷崎潤一郎如此寫道：「《途中》確然帶點偵探小說的味道，亦具有理論遊戲的要素，然而那僅僅是這篇作品的假象而已。這篇作品的主要着眼點在於，通過丈夫與偵探之間的對話，在讀者緊張地閱讀之中，間接地描畫出對自身悲慘命運渾然不覺、溫良賢惠的妻子形象」。由此看來，谷崎潤一郎自身並未將這篇小說完全定位為偵探小說，而是「將一部可能成為自然主義長篇小說的題材，穿上偵探小說的外套後，嘗試着從側面創作出一篇精煉的作品」。從上述谷崎潤一郎的自述中，我們似乎可以探尋出其對於推理小說創作的些許觀點。

綜上所述，正因為谷崎潤一郎以及當時日本文壇的眾多知名作家在文學創作領域沒有故步自封，而是持續創新，日本推理小說才得以不斷地發展壯大、遍地生花，呈現如今五彩斑斕、姹紫嫣紅之色。

夢の殺人

浜尾四郎

「どうしたって此の儘ではおけない。……いっそやっつけちまおうか」

浅草公園の瓢箪池の辺を歩きながら藤次郎は独り言を云った。然し之は胸の中のむしゃくしゃを思わず口に出しただけで、別段やっつけることをはっきり考えたわけではなかった。ただ要之助という男の存在のたとえなき呪わしさと、昨夜の出来事が嘔吐を催しそうに不快に、今更思い起されたのである。

藤次郎が新宿のレストランN亭にコックとして住み込んだのは今から約一年程前だった。

彼は二十三歳の今日まで、殆ど遊興の味を知らない。実際彼は斯ういう所に斯ういう勤めをしているには珍らしい青年である。彼の楽しみは読書だった。殊に学問か、それでなければ修養の本を、ひまさえあれば貪り読んだ。

レストランN亭のコック藤次郎は、いつかは一かどの弁護士になって懸河の弁を法廷で振うつもりでいた。元より彼には学校に通う余裕はない。従って独学をしなければな

夢魘魔殺

浜尾四郎

「不管怎樣，這樣下去可不對頭……索性就把他做掉。」

藤次郎彳亍於淺草公園瓢簞池畔，自言自語道。做掉云云不過是其難抑心中憤恨，未加思索的胡言亂語，並未當真謀劃過。不過，因要之助這小子引發的無可名狀的憤懣，由昨夜之事生出的那令人作嘔的悻悻之感，又再次令他的怨憤之氣噴湧而出。

藤次郎在新宿N亭餐館幹廚師的活兒，差不多已經有一年了。

二十三歲的他，基本不諳吃喝玩樂，聲色犬馬。對於在這種地方幹這種活兒的人來説，這年輕人算挺少見的。他的興趣愛好是博覽群書，尤其是鑽研學問之道，抑或講述人生修養的書籍，只要得空便手不釋卷，埋頭苦讀。

N亭餐館的廚師藤次郎的志向是成為一名出色的律師，在法庭上滔滔不絕，口若懸河地施展自身的才華。當然他沒條件去學校就讀，只好依靠自學。很早他便通過某某大學編

らなかった彼は可なり以前から××大学の講義録をとって法律の勉強をしていたのである。

斯ういう真面目な青年の事だから主人の信用の甚だ厚いのは無論である。それ故、一定の公休日でない今日、彼が一日のひまを貰って浅草公園を歩いているのは大して不思議な事件ではないのだ。

けれど、遊興もしなければ大酒も呑まぬ藤次郎が、真剣の恋を感じ始めたのは亦決して不思議なことではない。彼も人間である。而も未だうら若い青年である。

その恋の相手は矢張り同じレストランに八ヶ月程前から勤めている美代子という若い女だった。美代子はN亭に来る迄、可なり多くの店をまわって来た。しかし、藤次郎のような真面目な、有望なコックには未だどこでも会ったことはなかった。

藤次郎は美代子がN亭に来てから間もなくひそかに恋し始めた。そうしてだんだん彼女を思いつめて行った。けれども彼が彼女にはっきりと心の中を打ち明ける迄には相当の時がかかった。無論誰しも斯ういう気持をそうたやすく言いだせるものではない。然し真面目で一本気な彼の場合には特に愛の発表は難事であった。

やっとの思いで恋を打ち明けた時、藤次郎は、こんなことならもっと早く云うんだったと感じた。それ程、美代子は、簡単に而もはっきりと、彼にとって甚だ有難い返事をしてくれたのである。彼は有頂天になった。彼女と同じ家

寫出版的講義開始了法律的學習。

似他這般勤勉發奮的年輕人，店主對其自然亦是信賴有加。因此，即便今天並非固定公休，但店主還是放他一天假。他來淺草公園走走，散散心，也不算甚麼特別的事情。

既不懂玩樂又不貪杯中物的藤次郎，開始感受和體會真實的愛情，這亦是椿極為普通，無甚大驚小怪的事情。他乃正常之人，同時又是個風華正茂的年輕人。

戀愛的對象是八個月前開始來餐館工作的年輕姑娘美代子。美代子到 N 亭幹活兒之前，在不少店待過。但是，還未曾遇到過像藤次郎這般篤實好學且大有前途的廚師。

藤次郎是在美代子來 N 亭不久之後暗地裡喜歡上她的，且漸漸日久情深。然而，對美代子打開心扉，坦白心聲，還是歷經了相當長的時間。這種情感上的事，放在誰都羞於啟齒。尤其對藤次郎這種憨厚質樸、心地單純的人來說，要向對方吐露愛慕之情可謂難上加難。

終於下定決心，向美代子表露了自己的愛慕之意後，藤次郎懊悔其實應該早點向美代子表白的。因為美代子給出的簡潔、乾脆的答案，是值得藤次郎額手稱慶的。他不禁欣喜若狂。感到跟美代子在同一個屋檐下生活有點太過於奢侈

にいることが勿体ないような気がして来た。彼は一寸のすきにでも彼女と語って居たかった。彼は勿論主人や他の女給などのいない時を狙っては美代子と語った。けれど彼女の方は割合大っぴらだった。他人がいてもはっきりと彼に好意を見せてくれた。是が又藤次郎にとってはひどく嬉しくもあり、はずかしくもあった。

斯うやって二ヶ月程は夢のようにたってしまった。ただ最後のものだけが残っていたのである。だが、之は藤次郎に最後の一線を越す勇気がなかったのではない、と少くも彼自身は考えていた。機会がなかったのである。機会さえあれば美代子は完全に彼のものとなっていたろう。彼はただ機会を待っていたのだ。

所が、今から半年程前に、彼にとって容易ならぬことが起った。即ち要之助の出現がそれであった。

要之助は、Ｎ亭の主人の遠い親戚の者であるが、今度店の手伝いとして、田舎からでて来たのだった。彼は真面目さに於いても、有望さに於いても殆ど藤次郎と匹敵した。然し其の容貌に於いて、藤次郎とは全く比較にならぬ程、優れていたのである。

藤次郎は決して立派な顔の持ち主ではなかった。実をいうと、彼が美代子に対して恋を打ち明けるのに、一番ひけ目を感じていたのは自分の顔であった。どう贔屓目に見ても彼を美男とは云えない。非常な醜男ではなかったけれど決して美しくはなかった。

了。但凡有點空便想跟美代子黏在一起說說話。當然，他是趁着店主跟其他女招待不在的時候找機會跟美代子聊天的。不過美代子好像比他更放得開些。即便有別人在場也不加掩飾地對他表示出情意。這讓藤次郎既覺得十分歡喜，又感到羞怯非常。

如此過了差不多兩個月左右如夢似幻的日子。兩人之間只剩下最後一道防線了。不過，這倒並非是藤次郎沒有逾越這道防線的勇氣，至少他自己這麼認為。主要是未有良機。一旦有合適的機會，美代子一定就是他的女人了吧。他不過是在等待着時機罷了。

然而，差不多半年前，發生了一件對他來說異常鬱悶的事情。這便是要之助這個人物的出現。

要之助算是店主的遠親，是從老家來店裡幫忙的。勤懇踏實，前途也相當光明，這兩點他都有資格與藤次郎相提並論。然而，從容貌上來看，要之助之俊秀，是藤次郎根本無法匹敵的。

藤次郎絕不是那種長得明眸皓齒、眉清目秀的類型。實際上，在向美代子表達愛慕之際，最令其自慚形穢的便是自己的長相。說得再好聽，他都算不上是個美男子。儘管不能算是相當醜陋吧，但也絕對談不上英俊。

反之、要之助は水準を正に抜けでた美青年である。濃い眉、高い、筋の通った、然しながら鋭くないなだらかな線を有った恰好のよい鼻、それにそれ迄田舎の日の下にいたとは思われぬ其の皮膚の白さ、そして豊かな双頬、之等が寄って要之助の顔を形造っているのである。

要之助は藤次郎よりは二つ年下だった。だから若し藤次郎が、要之助の美貌に対して、甚しく心を動かしたとしても少しも無理はないのだが、不幸にして事実はそういう方向に向っては発展しなかった。否、藤次郎は、此の美青年をはじめて見た時に既に或る不安を感じたのである。

此の感じははたして事実となって現われた。要之助の美貌は同性の心を動かすより何より異性の美代子の心を動かしてしまった。

彼がＮ亭に来てから二、三日の中に、既に藤次郎は、美代子が要之助にちやほやするのを見なければならなかった。ただそれだけならば未だいい、美代子は今までの態度を全然変えてしまった。藤次郎は彼女からみむきもせられなくなって来たのである。

無論、彼は煩悶した。焦慮した。そしてその苦しみの中に在って彼は頼りにならぬものをひたすらに頼った。それは要之助が、まだ若くて初心だということと、彼が非常に真面目な青年だということだった。

藤次郎の頼みは忽ち裏切られた。要之助がまだ若く、初心でまじめであることがなおいけなかった。生れてはじめ

相反，要之助卻是位俊朗出眾的青年。眉毛濃黑，形態優美的鼻子高而挺，但不突兀，擁有舒緩的線條。加之他皮膚白皙，全然看不出迄今為止居然曝曬在農村的烈日之下。再加上飽滿的雙頰，這些均烘托出了要之助的臉部特徵。

要之助比藤次郎小兩歲。其俊秀甜美的外貌，若是惹得藤次郎怦然心動，倒也並非完全沒有可能。然而不幸的是，事情並未朝這方向發展。不，應該説藤次郎從見到這美男子之初便已感受到了某種威脅。

果不其然，這種感覺逐漸變為了現實。與令同性怦然心動相比，要之助俊朗的外表，倒是更易打動作為異性的美代子之心。

要之助剛到N亭的兩三天裡，藤次郎已經目睹了美代子對要之助奉迎討好之態。若是僅此而已倒也罷了。然而對於藤次郎，美代子居然完全判若兩人，她竟連正眼都不瞧一瞧藤次郎了。

不用説，藤次郎煩惱鬱悶，焦思苦慮。痛苦之中他只得寄希望於一些不着邊際的事情。比方説要之助還年輕啦，從未談過戀愛啦，是個老實巴交的年輕人之類。

藤次郎的希望立刻便被打碎，化為了泡影。要之助年輕，沒有戀愛經歷，這些因素反而幫了倒忙。自打生下來可是頭

て、都会の美人に惚れられた（と少くとも要之助と藤次郎は考えたが）要之助は、まもなく彼女の媚態に陥って、彼の方からも可なり積極的な態度に出はじめて来たのである。

斯うやって藤次郎にとっては、悩みの幾月かが過ぎた。勿論彼はあらゆる手段で美代子の気もちを自分の方にひっぱろうとした。けれどもそれは全然無駄骨だったのである。

けれど彼は自分の心もちと、かつて自分に対してとっていた美代子の態度からおして、まさか彼等が完全に許し合っているとは信じなかった。又信じたくもなかった。然るにこの彼の考えを根柢から動かすようなことが最近に持ち上ったのである。

今から約一週間程前の或る夜半だった。いつもは昼の労働にまったく疲れて —— 読書は近頃は到底やれるものではなかったが —— 死人のように熟睡する藤次郎は、其の夜、二時頃に突然の腹痛で眼がさめた。

彼は暫く半眠半醒の状態で床上に苦しんでいたが、はっきり眼がさめるとあわてて厠にとびこんだ。斯ういう場合、誰でも比較的永く厠にいるものである。彼はようやく苦しみがおさまったのでまず一安心して出ようとした。

すると其の時二階から階段をそっと降りて来る足音がきこえて来た。そうして全く降り切ると彼のいる厠の側を人が通る音がして軈て彼のねている部屋の障子をしめる音がした。

此の時藤次郎ははじめて、さっき彼が眼をさました時、

一遭有大城市的美人兒對自己青眼有加（至少要之助和藤次郎是這麼認為的）。沒多久要之助便墜入美代子的百媚千嬌之中，而他的態度也開始變得更為主動了。

藤次郎如此這般地度過了憋氣窩火、煩心倦目的幾個月。不用說他用盡了手段想把美代子的心再拉回自己這邊，然而，所有的努力皆為無用之功。

他從自身的內心，以及過去美代子對自己的情意上判斷，不相信，抑或說是不願意相信這兩人之間已經到了如膠似漆的地步。然而最近發生了一件從根本上令其看法產生動搖的事情。

大約一週前的某個午夜時分。平時白天的工作累得夠嗆，晚上藤次郎便睡得像個死人般（這段時間書是讀不進去了）。這天凌晨兩點左右，藤次郎被一陣突如其來的腹痛弄醒了。

半夢半醒之間，他在床上掙扎了一陣子。等意識完全清醒過來便慌慌張張地奔進了盥洗室。這種情況下，估計誰都會在盥洗室裡待的時間稍長一些。待疼痛終於緩解後，他稍感放心，正要往外走。

這時從二樓樓梯上傳來輕微的腳步聲。這腳步聲下到一樓後，從他所在的盥洗室前經過，接着，他寢室的紙拉門發出被關上的聲音。

此時藤次郎才剛剛意識到，適才醒過來時，平時一直睡

いつも傍に眠っている要之助が床の中にいなかったことを思いだした。

藤次郎が部屋に戻って寝どこに入ると、要之助はちゃんとそこに眠っている。藤次郎は稍々おさまった腹をなでながら考えた。はじめは、

「奴、又ねぼけやがったな」

と感じた。

今彼の傍に美しい寝顔を見せている青年には不幸な病気があった。それは夢遊病である。かつて国許にいた時、夜半にまきざっ棒を以て突然側にねていた父親を殴ったことがあった。おこされてから彼は何もしらなかった。何でも其の宵に、地方を廻って来た或る劇団の剣劇を見たのだそうだ。無論それまでにも彼がねぼけるのは屡々だったが、今までそんな烈しい例はなかったのでそれ以来、家では大いに警戒して彼の寝る部屋には危険なものは一さいおかぬことにきめた。

N亭に来たときもそのことはかねてから主人に聞かされていたが、藤次郎が要之助の夢遊病の状態を見たのは未だ一回しかなかった。

夜半に水道を烈しくだす音が余り長くやまなかったので主人が出て来て見ると、要之助が足を洗っているまねをしていた。烈しく殴って眼をさまさせた所、彼はまったくねぼけて水を出していたのだった。

藤次郎は其の有様を見ていた。そして主人と一緒になっ

在他邊上的要之助並未在自己的床鋪上。

待藤次郎回到房間重新睡下後，發覺要之助在邊上睡得好好的。藤次郎邊揉着疼痛稍減的肚子邊思考。一開始他是這麼感覺的：

「這傢伙，又睡迷糊了。」

這個躺在藤次郎邊上、一張睡臉相當俊美的青年，很不幸罹患了一種疾病。即夢遊症。以前在老家的時候，他大半夜突然操起柴火棍把睡在邊上的父親給揍了。被弄醒後自己卻甚麼都不明白。估摸着可能跟那天晚上，去看了某劇團在各地巡迴演出的劍鬥劇有點關係。當然要之助以前也經常性地會發生睡迷糊的事兒，但如同那次一般強烈的發作還是頭一遭。從此，家人開始有所警惕，他的臥房中不可放置任何危險物品。

以前要之助來N亭時，藤次郎曾經聽店主說起過這事情。不過，親眼看到要之助夢遊症發作，至今為止還只有一回。

某日半夜裡水龍頭的流水聲長時間持續不停，店主跑出來一看，卻原來是要之助在那裡比畫着洗腳的樣子。店主朝着他狠狠給了一拳，把他揍醒後，才知道他根本是睡迷糊了才把水龍頭打開的。

藤次郎目擊了發生的這一幕，然後跟着店主一同把要之

て彼を殴ったのだった。

藤次郎はその時のことを床の中で思いだしたのである。然し、次の瞬間に又誰かが上から降りて来る足音を聞いた。その足音は厠の辺で止り、ガタンと厠の戸をあける音が耳に入った時、藤次郎は急に妙なことを想像した。

再び戸が開く音がしてそのまま二階に戻るかと思っていると、それがずっと藤次郎のねている部屋の前まで来た。そうして暫く静かになった。外の人は中の様子を窺っているようだった。

藤次郎はちらりと要之助の方を見た。要之助は彼に背中を向けているが眠っているらしい。すると突然障子の外から、

「要ちゃん、要ちゃん」

とささやくような声が聞えた。藤次郎ははっと思った。それは美代子の声だった。

然し要之助は身動きもしない。

すると外で、

「要ちゃんてば……もうねちゃったの」

という声がきこえたかと思うと、そこを離れる気色がして足音はすうっとそのまま、二階に上ってしまった。

まだしくしく痛む腹をおさえながら藤次郎は暫く天井を見ていた。軈て要之助の方を向いて、

「おい君、君」

とよびかけた。けれど要之助はこのとき真に眠っていた

助揍了一頓。

藤次郎躺在床上回想起之前發生的事情。然而，瞬間卻又聽見有人從樓上往下走的腳步聲。這腳步聲在盥洗室附近停了下來。隨着盥洗室門打開的聲音進入耳際，藤次郎忽然聯想起一些玄妙之事來。

再次響起門被打開的聲音，藤次郎想着這人應該回二樓去了，卻不想腳步聲徑直往藤次郎的寢室而來。接着安靜了一陣子。似乎是外面的人在打探房間裡頭的動靜。

藤次郎朝着要之助的方向瞟了一眼。要之助背對着他，看樣子是睡着了。這時候，聽到從紙拉門外傳來壓低了嗓門、輕聲輕氣的呼喚聲：

「小要，小要。」

藤次郎聽着這壓低了嗓音的呼喚聲，不禁心頭一緊。是美代子的聲音。

但要之助毫無動靜。

接着又聽門外説道：

「小要也真是的……已經睡着了？」

於是乎門外人聽起來離開了寢室門口，腳步聲徑直又回到二樓去了。

藤次郎捂着又漸漸有點疼起來的肚子，盯着天花板呆了一會兒。接着轉向要之助，招呼他道：

「喂，你小子！你小子！」

然而要之助這時是真的進入了夢鄉還是怎麼了，總之，

のかどうだったか、兎も角、全く知らん顔をして眼をつぶっていた。

若し此のとき、要之助が、藤次郎に対して返事をするか、又は藤次郎が彼をゆりおこすかして、当然二人の間に或る会話が取り交されたならば、或いは二人の中の一人が、生命を失うようなことにはならなくてすんだかも知れない。然しとうとう要之助は目を開かず、藤次郎もそれ以上、彼を起そうとはしなかった。

翌日、藤次郎は腹痛と称して終日ねた。

彼は腹よりも胸が苦しかったのである。凡てはめちゃめちゃになったように思えた。

それでも未だ、彼はもしや、と考えた。藤次郎にとっては同じ屋根の下にいて、而ももう一人の女給と同じ部屋にねている美代子の所へ、要之助が忍び入るという事は一寸考えられなかったのだ。

それから彼はどうかして事実をつきとめようと決心した。しかしその後何ごともなかった。尤も藤次郎は決心はしながらも、じきに深い眠りに陥いってしまうのが常だったが。

ところが昨夜の出来事はもうどうにも何とも云いようがなかったのである。

彼は真夜中頃に突然目がさめた。

一張臉看起來根本沒聽見似的，閉着雙眼。

若在此時，要之助對藤次郎的呼喚有所回應，或是藤次郎將其搖醒，兩個人之間進行某種談話，或許兩人中的一人便不會把命給斷送了。然而最終，要之助並未睜眼，而藤次郎也未再有將其喚醒的舉動。

第二天，藤次郎稱其腹痛，整整一天都臥床未起。

比起腹痛，他更感到的是來自內心的創痛。一切的一切都變得亂七八糟，雜亂無章。

即便如此，他仍然抱有一絲希望，希冀會有其他的可能。美代子的寢室與他們的在同一屋檐下，且另一名女招待也與其同住，要之助要偷偷進到其中，在藤次郎看來簡直難以想像。

由此他下定決心，縱使千方百計也要找出事情真相來。然而這之後卻甚麼事情都未再發生。藤次郎這個人經常下好了決心，過不久便酣然入夢了。

然而，昨晚發生的事情，卻令其胸中憤懣，難以言表。

半夜裡，他突然被驚醒了。

パチンと誰かが彼の頭の上にいつもついている十二燭の電気を消したのである。明るい部屋が突然暗くなったので、却って彼は目をさましたのかもしれなかった。

その時その闇の中ではっきり彼がきいたのは要之助が、

「なーに、かっぱさん、豚のように眠ってるよ」

という声と誰か他の人間がくすりと笑う声であった。

秋の日かげはうららかに射している。

藤次郎は燃えるような胸の焔をいだきながら浅草公園の池の辺を歩いている。

何ともかとも云いようがない。それにわざわざ……。

虫も殺さぬような顔をした要之助があんな図々しいことを云ったり、したりするとは思わなかった。女も女だが男も男だ。奴は全く食わせものだったのだ。いやに真面目らしくおとなしく振舞っていたのは女をひっかける手段に過ぎなかったのだ。田舎にいる頃、あれでは何をしていたか判ったものじゃない。

斯う考えた時、藤次郎は百足でもふみつけたような気持に襲われた。今朝、国から来た友達をつれて東京見物をさせてやるから、という好加減な口実を設けて一日のひまを貰った時、主人にいっそ昨夜のことを告げてやろうかとも考えた。然しそれは自分にとって余りいい結果をもたらさないかも知れない、他の方法で要之助が存在しないことになれば或いは局面が一転するかも知れない、と思って彼は何も云わなかったのだ。

啪的一聲，有人將他頭部上方亮着的十二燭光[①]的電燈關掉了。或許是亮堂的屋裡一瞬間變得漆黑，反倒令他陡然從沉睡中驚醒過來。

此時，黑咕隆咚之中他清晰地聽見要之助的聲音說道：

「噢喲，這河童[②]，睡得跟頭豬似的。」

緊接着，又聽見另外一個人壓低了聲音，撲哧一笑。

金秋的日光，溫藹柔緩地揮灑下來。

藤次郎胸中燃灼着妒恨交加的焱焰，彳亍於淺草公園的池畔。

這實在是豈有此理，竟有此事。甚至還故意……

長得慈眉善目、看起來「掃地恐傷螻蟻命」的要之助，真沒想到會說出、做出如此寡廉鮮恥之言之事。女人嘛，水性楊花，男人嘛，又是無情薄義。這傢伙絕非善類。看起來老老實實、沉沉穩穩，卻原來都不過是討女人歡心的手段而已。在老家的時候，天知道他都幹過些甚麼事兒。

這麼想着想着，藤次郎胸中惡氣洶湧，彷彿踩到蜈蚣般令人作嘔。今天早上，他找了個合情合理的藉口，說是要領着老家來的朋友在東京到處轉轉，搞到一整天的假。那時候，曾想着索性就把昨夜之事跟店主挑明，然而這麼做，也許並不能給自己帶來更多利益。或許還有其他方式能抹去要之助

---

① 燭光為過去國際通用的發光強度，即光強的計量單位。

② 日本民間傳說中的一種妖怪，形如青黑色的猴子，手腳似鴨掌，頭頂凹陷處像頂着一隻碟子，背上負有烏龜般的甲殼。

昨夜殆ど眠れなかったために、一日さぼろうと思った彼は、秋の一日を草原の中でねて暮そうかとも考えたが、結局、いつもの慰安所たる公園に来てしまった。彼は、どこかの映画館に入るつもりなのである。

朝めしを食う気がしなかったので食べずに出て来たせいか、妙に空腹を感じて来た。

然しわざわざめし屋に入る気もしなかった藤次郎は、池の角の所に出ていたゆで卵屋の所で、四ツばかり卵を買うとそれをそのまま袂に入れた。彼は映画を見ながら之を食べるつもりなのである。

卵を買ってぶらぶら歩いて行くと人だかりがしていた。見ると人力車をたてかけてその上に袈裟衣をつけた僧形の人が一生懸命に何か云っている。彼はふと足をとめてその話をきいた。何か宗教の話ではないかと思ったのだ。所が突然その坊さんは、

「然るに現内閣は……」

と云いだした。藤次郎は何となく興味を失って、そのさきにあった群衆の方に歩をうつした。彼は今どんな話にも興味がもてない。然しどんな話にでも、興味をもとうと努めているのである。

的存在，或令局面完全扭轉過來，因此他閉口未談此事。

昨夜幾乎未能入眠，今日打算逃一天工，藤次郎原本打算就躺在草叢中昏睡，消磨掉這金秋一日的。最終，他還是跑到被其視為能撫慰心緒的公園來了。他正盤算着跑進哪個電影院裡看看電影去。

早上沒情緒吃早點，空着肚子出了門，或許是這個原因，現在感到特別飢腸轆轆。

然而藤次郎毫無進飯館的慾望，跑到池塘角落外面的水煮蛋舖，買了四個水煮蛋放入衣袖中①。他準備邊看電影邊吃。

買好水煮蛋在街上閒逛，看到前方聚起了一堆人。有個穿着袈裟，看似和尚般的人靠在輛人力車上，正奮力訴說着甚麼。藤次郎以為講的是跟宗教有關的內容，下意識停下腳步聽其言辭。卻聽和尚忽而蹦出句：

「然而這屆內閣……」

藤次郎莫名地失去了興味，又朝前方的人群走去。他現在對任何話題都索然寡味。然而，又希冀對任何話題都能盡力產生興趣。

---

① 和服衣袖下襬寬大，可以放些日常用品。

その一つさきの群衆の中心には角帽を冠った大学生風の男が手に一冊の本を携えてしきりに喋舌っている。否どなっている。

「諸君は恐らく、そんな事はめったにあるものではないというだろう、と思うから愚かなんである。君等は法律を医者の薬と同じに考えているから困る。薬は病気にかかってはじめて要るものだ。然るに法律はそうでない。君等が一時たりとも法律を離れては存在し得ない。たとえば君等は大屋に渡した敷金なるものは如何なる性質のものか知っているか。よろしい。之は或いは知っている方もあろう。ところで君等の中には大屋もいるだろう。その人々はその敷金を消費することがはたしてどの程度に正しいか知っているか。今日君等は電車で又はバスでいや或いは円タクでここへ来たろう。電車に乗って切符を買うことはどういうことか知っているか」

大学生と見える男は法律の話をしている。

藤次郎は、法律なら俺には判るぞ、とその男の話をききはじめた。

「抑も電車の切符は、片道七銭也の受取であるか、それとも電車に乗る権利を与えたことを認めた一つの徴であるか、之が君等に判然とわかるか。本書第百二十八頁に、大審院の下した所の判例がある。ちゃんとその点は判例を以って説明してある。円タクで来た諸君に問おう、君等はもし途中で円タクが動かなくなったらどうする。たちの悪

前方另一個人堆的中心是個頭戴角帽[①]，大學生模樣的男子，手上攥着本書不停地説着甚麼，不，是吼着甚麼。

「諸君或許會認為，不太會發生那種事情。這般設想就太愚蠢了。諸位將法律等同於醫者之藥所以説是行不通的。藥這東西乃患病後才需之。而法律則非也。諸位一刻都不可離開法律而存在。比方説諸位可知繳納給房東的押金這東西具有如何之性質？好，這事兒説不定有哪位是清楚的。那麼，諸位之中可能也有房東在吧。是否知道那些個房東在花銷押金時，到底花到甚麼程度算是正確的呢。今天諸位是坐電車，或巴士，又或是坐出租[②]來到此地的吧。可知坐電車時買車票究竟為何意？」

看上去像是大學生的男子説的是有關法律的內容。

藤次郎尋思，法律我可是了解的。於是，他開始豎起耳朵聆聽男子的演説。

「電車車票到底算是，單程七錢的發票呢，抑或是賦予坐車權利的一種認可證明呢。此事諸位搞得清楚否？本書的

① 舊時大學生所戴的學生帽。

② 円タク：1924 年首先在大阪出現的均一車價為一日元的出租車。1926 年推廣至東京，此後，此制度雖被取消，但作為出租車的代名詞流行了一段時間。

い運転手は新宿からここまでのせるのをいやがって本郷あたりで故障だからといって君等を下ろしてしまう。このあいだもそういう目にあった人が僕の所へ相談に来た。僕は直ちに本書第三百一頁を開いて見せた。ほら、ここに明かに記してある。斯くの如く法律知識は必要なものであるにかかわらず、多くの人は殆ど其の必要を感じていないとは実に解すべからざる事実である。法律を知らずして世を渡らんとするは、闇夜に灯火なくして山道を歩くようなものではないか。

然し、諸君、君等はいうだろう、それは民法に就いてのみ云うべきことである。刑法などの知識は正しい人にとっては必要はないと。だから困るんだよ。いくら正しい人にでも其の知識は絶対的に必要なのだ。例をあげて見ようか、仮りに諸君の中に気狂いがいて、いや之は失敬、諸君の中には無論いない、いなければこそこうやって僕の云うことを静聴していらるるわけだが、だが、諸君、世に馬鹿と気狂い位恐ろしいものはない、今ここで僕が斯うやって話をしているとき、突如気狂いが刀を抜いて斬りつけて来たらどうするか、逃げ得れば問題はない、その間がないのだ。やつを殴るか斬られるか、という場合だ。判り切ってるじゃないか、無論殴ればいいと君らはいうだろう。よろしい、然し殴り殺してもいいかね。よろしいか、ここで一寸考えて貰いたいのは相手が気狂いだという所だ。我が国の法律は勿論、大ていの国では気狂いには刑事責任を負わしては

128 頁，記載有最高法院[①]下達判決的判例。此判例很清晰地解釋了這個問題。我再問問坐出租車來的諸位，諸位來的時候，中途若是出租車開不了了怎麼辦？碰到惡劣的司機不想從新宿把諸位送到這兒，在本鄉附近說車子拋錨，把諸位趕下車。此前便有遭遇此事的乘客來諮詢過我。我立刻將本書第 301 頁翻給他看。如何，這裡寫得清清楚楚。如同此事，具備法律知識極為必要，但大多數人卻並未感受到其必要性，實在是令人費解。所以呢，不諳法律世間走，則如同暗夜無燈山間行啊，難道不是嗎？

然而，諸位，你們會說，若只事關民法，可以這麼說。而刑法等知識對遵紀守法之人來說則無必要了。所以說這便是問題之所在嘛。再如何遵紀守法之人具備這方面的知識是絕對有必要的。我舉個例子大家聽聽。譬如諸位之中有個瘋子，抱歉抱歉，失敬失敬，諸位之中當然是不可能有的。正因為不可能有，所以才會如此安靜地聽我講述。然而，諸位，世間沒有比傻瓜與瘋子更可怕的了。現下在這裡聽我講述之時，瘋子猝然拔刀砍過來怎麼辦？逃得掉的話倒也算了，可猝不及防啊。這種情況下要麼回擊他要麼被砍。這不明擺着嘛，你們會說當然是回擊他。好。但是，把他打死行不行？怎麼樣？此處必須考慮的是對方是個瘋子。我們國家的法律亦是如此，大多數國家都規定瘋子是無須承擔刑事責任的。瘋子殺了人說都不用說，肯定無罪。問題在於，面對瘋子的

---

① 大審院：日本舊憲法所規定的最高法院。1875 年設置，1947 年廢止。

居らん。気狂いが人を殺したとて無罪になるにきまっとる。その気狂いの行為に対して正当防衛が成立するかどうかという問題なのだ。それ、刑法にはただ『急迫不正ノ侵害』と書いてあるのみで一こう詳しいことは書いてない。之については大家の說がいろいろある。然し大体に於いて積極說に一致している。君らも或いは結論に於いては同じ考えかも知らん、が、その理由を知っているか、更に例をかえて、もし狂犬が現われたらどうする。無論君らは、之をぶち殺すだろう。この際之は正当防衛といえるか。抑も動物に対して……」

ここまで聞いて来た時、藤次郎は右側の男に一寸突かれたように感じた。妙な気がして右の袂に手をつっこんで見るとさっき買った敷島の袋が見えない。あわてて首から紐をつけて帯の間にはさんである蟇口に手をやるとたしかにあるので安心したが、もう右側の男はどこかに行ってしまった。煙草一袋だが掏られた感じはひどくいやなものだった。

彼は大道の法律家をそのままそこに残してぐるりと歩をめぐらした。そうして池畔を廻って××館という映画館に入ってしまった。

彼が席に腰を下ろして、卵をむしゃむしゃやりはじめたとき、映写されていたのは外国の喜劇であった。

行為，正當防衛是否成立。這點，刑法只寫有『緊急非法之侵害』，而未對此項進行詳細解釋。關於此問題，權威們有各種解釋。然而大多在有積極加害的意志[①]這問題上保持了一致。諸位或許在結論上也持有同樣意見，但，是否知曉其緣由呢？我們再換個例子，譬如突然衝出隻狂犬又如何？當然諸位會說，打死它好了。這種情況能否稱之為正當防衛？原本對於動物……」

聽到這裡的時候，藤次郎感覺被右邊的男子稍稍撞了一下，不由得心中生疑，探手到右邊衣袖一摸，剛才買的敷島牌香煙已不翼而飛。這下藤次郎慌了神，趕緊再摸了摸用繩掛在脖子上、別在綁腰帶裡的錢包，確認錢包安然無恙後才鬆了口氣，但右邊的男子早已不知去向。雖只被偷走一包香煙，心中亦是懊惱至極。

大街上的司法專家被藤次郎甩在了身後，他繼續在街上轉了一圈。之後繞過池畔走進了一家名叫某某館的電影院。

在座位上坐定下來後，他開始大口大口嚼起水煮蛋時，一部外國的喜劇片上映了。

---

① 積極説：防衛方有無利用正當防衛，進行積極加害的意志。這是判斷正當防衛是否成立的重要依據之一。

朝から不愉快な思いに悩みつづけていた彼は、ようやく、そのスピードの早い写真を見て胸の悩みを一時忘れることが出来た。そうしてそれが終って次の映画がはじまる頃は、彼は全く夢中になってそれに見入っていた。

それは一種の犯罪映画であった。或る悪人の学者が——説明者はそれを博士博士と云っていた——財産を横領せんが為に、何とかいう伯爵夫人を殺そうとするのである。伯爵夫人といっても舞台がフランスだから伯爵の妻ではなく、夫はないのだ。そしてその女が死ねばどうして博士に財産がころがりこむことになっているのだか其の辺はよく藤次郎には判らなかった。しかしそんなことはどうでもいい。この映画の中で、面白いのはその博士が伯爵夫人を殺す方法で、彼は自分で手を下さない。ここに或る美男青年が現われるが、博士はその男に催眠術をかける。男はその暗示に従ってある夜半、夢中の中に恋人伯爵夫人を殺してしまう。

時計が大写しになる。正に二時五分前。

「其の夜の二時頃であります。彼はがばとはねおきました。彼は夢中のまま伯爵夫人の部屋へと進むのであります。ドアーの鍵穴よりうかがい見れば……」

説明者の説明につれて映画はクライマックスに達する。夢の中で自分の部屋から出かけて行く所を、その青年に扮した役者は非常に巧みに演じた。彼は説明者のいうところと一寸違って伯爵夫人の寝室の戸をこつこつと叩く。夫人

藤次郎從早上開始便被鬱悶之事攪和得心情煩躁，看着這些頗具速度感的影片，總算能暫時忘卻胸中懊惱沮喪之氣。等上一部放完，開始下部電影時，他已完完全全被吸引到銀幕之中去了。

接下去放映的是部犯罪影片。某個陰毒狡詐的學者——電影的旁白人[①]稱其為甚麼甚麼博士的——為了侵吞財產，謀劃將一位叫甚麼甚麼的伯爵夫人殺害。故事發生在法國，雖被稱為伯爵夫人，但並非伯爵的妻子，因為她沒有丈夫。藤次郎並未搞明白為何她死後，博士便可將其財產佔為己有。不過這倒也無關緊要。這部影片中，耐人尋味的是博士謀殺伯爵夫人的方式，他自己並未動手。影片有個帥氣倜儻的年輕人登場，博士對其實施了催眠術。男子受其暗示的操控，深更半夜，在睡夢中殺害了自己的戀人——伯爵夫人。

這時銀幕上出現了時鐘的特寫。正好是 1 點 55 分。

「當晚兩點左右，他猛然從床上蹦了起來。在睡夢中朝着伯爵夫人房間走去。從房門的鑰匙孔中看進去……」

伴隨着旁白人的說明，影片迎來了高潮。扮演年輕人的演員演技高超，將在睡夢之中從自己房間走出去時的一幕演

① 當時的電影均為無聲電影，放映時均配有說明電影內容、台詞等的旁白人。

は恋人の声を聞いて戸を開くと、男が不意にとびかかって絞殺する。この辺は極めてスリリングであった。藤次郎は空になった卵の袋を握りしめながら映画に見入った。

之から名探偵の活躍となりついに博士がほんとうの犯人であることがわかる。博士はいよいよ追跡急なるを知るや自動車をとばせて逃げだす。結局は逃げ場がなくなって自殺をしてしまい、青年は許されておまけに百万長者となるという、後半は全くくだらないものだった。

が、藤次郎は息をもつかずにこの映画を見終った。

彼が××館を出たのはもう夜になってからである。いつもなら他の館に入る彼は何思ったか田原町まで歩いて電車に乗った。

藤次郎は切符を切って貰う時に、それが法律上如何なる意味をもっているかというようなことは考えなかった。彼の頭の中には、さっき見た映画が浮んでいた。殊に青年が一人ひそかに部屋から忍び出る所が残っていた。

電車が四谷見附を走っていた頃に彼の脳中を駈けまわっていたのは、全く他の事だった。

「気狂いが刀をぬいて来たらどうする。殴り殺してもかまわないか」

というあの大道法律家の言葉が又頭に屢々浮んで来た。

得惟妙惟肖。與旁白者說明的內容稍有出入，年輕人敲了敲伯爵夫人睡房的門。夫人聽聞戀人的聲音，便將門打開，而年輕人趁其不備，朝夫人撲了過去，將其扼死。這一幕極為驚心動魄。藤次郎攥緊了裝水煮蛋的空袋子目不轉睛地盯住了銀幕。

之後嘛就是著名偵探大顯身手，最終判明博士才是真正的謀殺犯。博士得知罪行敗露即將被捉拿歸案，遂駕車飛馳妄圖逃之夭夭。最後上天無路入地無門，落得個自殺的下場。而年輕人則被赦免無罪，且成了百萬富翁。電影的後半部分可說毫無亮點，無聊至極。

不過，藤次郎凝神屏息地看完了整部電影。

走出某某館時，天色已暗。按藤次郎平時的習慣還會再進別的電影院，然而他卻心事重重，一路走到田原町坐上了電車。

檢票的時候，藤次郎並未多去考慮在法律上這個行為究竟意味甚麼。他頭腦中浮現出剛才的電影。尤其是年輕人悄聲無息地從房間裡偷跑出去的一幕印刻在記憶中。

電車經過四谷見附時，其他一些事情佔據了他的大腦。

「瘋子猝然拔刀衝過來怎麼辦？把他打死行不行？」

方才的街頭司法專家曾提到過的問題，又一次次地在他頭腦中閃現。

その夜彼は帰ると、かねてとっていた講義録を盛んにひっぱり出して何かしきりに読み耽っていた。夜更まで、その講義録の中の数行が目にちらついて消えなかった。それは次の文字である。

正当防衛ハ不正ノ侵害ニ対スルコトヲ必要トスル。而シテ不正トハ其ノ侵害ガ法律上許容セラレヌモノデアルコトヲ意味スル。故ニ、客観的ニ不正デアレバソレデ足リル。責任無能者ノ行為、犯意過失無キ行為ニ対シテモ正当防衛ハ成立スル。

次の日から藤次郎は全く殺人の計画に没頭した。彼が前の日「やっつけちまおう」と云った時は何等の用意はなかった。然し最早、犯罪の種は彼の頭の中で芽を出しはじめたのであった。

藤次郎が真面目であること、かたいこと、が彼をして犯罪人たらしめない、とは不幸にして云い得ない。彼が法律を多少知っていることが彼をして決して犯罪をさせないとはなお言えない。

そうして一番不幸な事は、要之助さえいなくなれば美代子が再び彼に好意を見せるだろうという極めて単純な、いわば無邪気な考えを藤次郎がどうしても捨て得ないということである。

如何にして要之助を殺すか、如何にして、法の制裁を逃れるか、之以外のことは問題ではなかった。此の二つにさえ成功すれば美代子に対する恋も当然成功するように考えられた。

那天夜晚回到住處，藤次郎拿出以前保留着的講義，聚精會神，反反覆覆地閱讀着。直到深夜，講義中有數行文字在其眼中經久閃爍，難以消逝。文字內容是這樣的：

對於非法侵害，正當防衛乃必要之事。而非法之意為，此侵害為法律所不允之事。故，從客觀角度判斷為非法即足矣。無責任能力者，對其非故意過失行為，正當防衛亦成立。

第二天開始，藤次郎徹底專注於謀殺計劃之中。前日裡考慮「把他做掉」之時雖還未曾有任何謀劃。然而，在其頭腦之中犯罪萌芽業已形成。

藤次郎乃勤勉之人，持重之人，然而不幸的是，無法斷言這些均不會使其成為犯罪者。他具備一定的法律知識，故不會走上犯罪之路，這更是無從說起。

只需排除要之助這個障礙，美代子便會回心轉意，再次委身於他。最為不幸的是，藤次郎無論如何都丟不開這種極為單純，或者說天真的念頭。

怎樣做掉要之助，如何逃脫司法的制裁，除此之外都不是問題。藤次郎認為，只要做成這兩件事，與美代子之間的好事自然是順理成章，水到渠成的。

「偶然」が彼に不思議な暗示を与えた。

彼の知っている限りに於いては、責任無能力なる者の行為に対しても正当防衛が成立する。而して彼の知る限りに於いて要之助は、ひどい夢遊病である。夢遊病患者が夢中で犯罪を犯すことは無論有り得る。現に犯す有様を彼はスクリーンの上でもまざまざと見ている。(尤も之は夢遊病とは少し違うけれども)

藤次郎が、彼の法律知識と、映画の印象とを之より行わんとする犯罪に、如何に連絡せしめんとするか。読者は既に推察せられたことと思う。

彼は数日の後、或る計画を頭の中で完成した。

一週間程過ぎた或る日の夕方、藤次郎は再び浅草に現われた。此の時は要之助も一緒である。要之助の休み日なので、藤次郎は主人に嘘を云って自分も夕方から出たのだった。彼は要之助を浅草までうまくつれ出した。之からは凡てかねての計画通りにやらなければならない。

二人は人通りの多い池の傍に立ったが、ふと藤次郎は或る露店の前に立ち止った。そこには白鞘の短刀がたくさんならべられている。藤次郎はそのうちの一つを買い求めた。

「ね、君、之は相当切れそうだね、実はこないだ東京に一寸来て、間もなく又帰った国の友達がね、護身用に一ついい短刀がほしいって云って来たんだよ。あしたあたり送ってやろうと思うがどうだい、一寸持ち具合は」

「偶然」給予了其詭異的暗示。

他所知的情況是，即使是無責任能力者，對其行為，正當防衛也成立。而據他所知，要之助患有嚴重的夢遊症。夢遊症者在夢中當然亦有可能實施犯罪。這種犯罪的景象他在銀幕上看得真真切切。（不過這與夢遊症有一定的區別）

藤次郎如何將其具備的法律知識、對影片的記憶與在此之後將要實施的犯罪聯繫起來，想必讀者早已有所察覺和推斷。

數日之後，他頭腦中形成了一個計劃。

一週後的某日傍晚，藤次郎再次出現在了淺草。這次是和要之助一起前往的。這天是要之助的休息日，藤次郎對店主撒了個謊，傍晚也離開了店。他成功地把要之助帶到了淺草。接下去，他必須將計劃一步步付諸現實。

兩人走到行人眾多的池畔，藤次郎忽然跑到一個攤位前站住了。攤位上擺放着好多把白鞘匕首。藤次郎購買了其中的一把。

「哎，你看，這看上去夠鋒利的啊。前一陣我老家的朋友來東京，沒多久又回去了，跟我說想要把好點的匕首用來防身。明兒個我就幫他寄去。怎樣，拿着挺稱手吧。」

藤次郎は、斯う云って要之助にその短刀を手渡しして見た。

要之助は案外之に興味をもっているらしく中身を見ながら、

「うん、こりゃ仲々いい。人でも獣でも之なら一突きだ」

と答えた。

藤次郎は、もう一軒の店で割に大きな鉄の文鎮を求めた。之も友達に頼まれた事にした。彼の計画によれば此の文鎮こそ殺人に用いらるべきものなのである。

映画館のスチルを見ながら、藤次郎は出来るだけ殺伐な光景を探しまわった。そうしてとうとう或る日本物ばかり映写される○○館に要之助を連れ込んだのである。

彼の見立ては確かに成功した。

写し出される映画は殆ど皆剣劇だった。殊に或る有名な映画俳優が、主役になっている映画には、殺人狂とさえ思われる人物が活躍した。その人物は全巻を通じて何十人という人間を斬り殺したり、突き殺したりした。

刀がぎらりと閃いて、斬り手の殺伐な表情が大写しになる度毎に、藤次郎は要之助の横顔をちらりと見た。

要之助は夢中で、スクリーンの殺人に見入った。

「もっと殺せ、もっと斬れ」

と藤次郎は心の中で叫んだ。

要之助も或いはそう思っているのではなかろうか。そう推察されてもいい程、彼も亦熱心な観客の一人であった。

藤次郎這麼說着將匕首遞與了要之助。

沒想到要之助看上去對這東西還挺有興趣，注視着刀身答道：

「嗯，這東西真不錯。人也好禽獸也好，只需那麼一下子。」

藤次郎還在另一家店買了個較大的鐵鎮紙。他告訴要之助這也是朋友委託的。在其計劃中，鐵鎮紙才是真正用來謀殺的。

瀏覽着電影院的各種劇照，藤次郎刻意找尋那種充滿殺氣、場面兇殘的。最終他把要之助帶進了一家專門放映日本電影的某某館中。

他的挑選果然卓有成效。

放映的電影幾乎都是劍鬥片。尤其是某著名演員，主演了一個可謂是殺人魔王的角色。在整部片子中或砍或刺，殺了數十人。

每當銀幕上出現劍影刀光閃閃、劍客殺氣騰騰的特寫時，藤次郎都會從旁瞄一眼要之助的側臉。

要之助目不轉睛地盯着銀幕上殺戮的場面。

「繼續殺，繼續砍！」

藤次郎在心中叫囂道。

要之助或許也懷有同樣的念頭。跟其他觀眾相似，從他斂聲屏氣、全神貫注的模樣，便可做出這樣的推斷。

彼等がN亭に戻ったのは其の夜の十一時頃だった。

今更藤次郎の計画を説明するのは読者にとっては或いは煩わしい事かも知れない。然しここに一応それを明瞭にしておく。

藤次郎は、正当防衛に藉口して要之助を殺そうとするのだ。要之助がこれ迄、夢遊病の発作に襲われた事は多くの人々が知っている所である。現にN亭に於ける要之助の部屋（即ち藤次郎要之助の寝室）には危険な物は一さいおいてはない。而も、来てから半年しかならない間に彼は、屢々夢中遊行をしている。其の中一回は現に彼が見ている。

だから其の夜、仮りに要之助が発作に襲われたとしても決して不思議はない。そうして夢中で傍にねている藤次郎に斬ってかかったとしても必ずしもそれはあり得ないことではない。

ただ従来、斬ってかかるような物がおいてない。それ故、藤次郎は一振の短刀を求めたのである。

料理場においてある庖丁のような物はいつも見なれているから恐らく要之助に深い印象を与えまい。それ故、藤次郎はわざわざ短刀を買った。而して要之助にはっきりと印象を与える為に度々見せたり持たせたりした。

更に、その夜、発作をおこす近因として殺伐な映画を十分に見せた。要之助は非常な熱心さを以て之を見た。

医者でない藤次郎には之以上の手段は思い付かなかった。そうして之で十分だと信じたのである。

他們回到N亭的時候已經是當晚的十一點左右了。

現在再要解釋藤次郎的計劃，讀者或許會感到膩煩，不過仍然需要將其交代明白。

藤次郎試圖利用正當防衛來謀殺要之助。已有很多人都知道，以前要之助曾經發生過因夢遊症而突發異常之事。如今要之助在N亭的房間（即藤次郎、要之助的寢室）中，不得放置任何危險物品。加之，僅僅到店半年之久，他已屢次發生夢遊的情況。其中一次為藤次郎親眼所見。

因此，在當天夜晚，假設要之助會突發異常也絕非不可想像之事。同樣，在夢中揮刀砍向睡在一旁的藤次郎亦非完全沒有可能。

不過在平時，周圍並未放置可供刀劈斧砍的工具。由此，藤次郎才去買了把匕首。

店舖廚房裡放着的菜刀等刀具，要之助已經看習慣了，估計不會給其留有太深的印象。出於這種考慮，藤次郎特地買來了匕首，並且為了給要之助灌輸、製造鮮明且深刻的印象，多次向其展示，讓其比試。

更甚者，當夜，為了促使其病症突發，誘其觀看血雨腥風、兇狠殘暴的影片。而要之助也興致勃勃地看了片子。

藤次郎非醫者，再也想不出比之更甚的伎倆來了。同時，他相信，這些手段業已足夠。

彼が何故に短刀を求めたかという理由は、一応要之助に説明がしてある。もとより出鱈目である。国の友人なるものを調べられればすぐばれる嘘である。然し彼は其の嘘を要之助一人にしか語ってない。要之助が殺されてしまえば、彼は調べられる時、何とでも外に出たらめの理由を云えば好いわけである。而して文鎮を求めた理由もそれと同様なのだ。

二人が映画館で剣劇を見た事を立証する為に彼は二枚のプロを大切に持って帰って来た。而して彼等がたしかに其の夜映画館に居たことを出来るだけはっきり証拠立てる為に彼は数本の剣劇映画の場面とストーリーを十分におぼえて来た。更に、どの映画が何時に始まったか、どれが何時に終ったかという事まで時計を見て調べて来た。此の最後の小細工は実は甚だ拙劣である事を読者は直ちに理解せられるだろう。

彼はねる時、わざと短刀を傍の戸棚に入れて戸を開け放しておくつもりである。勿論之は要之助に十分見ていられなければならぬ。

深夜、恐らくは二時頃、彼は起きる。そうして、短刀を取り出す。次に自ら咽喉の辺を軽く二ヶ所程切る。それから柄の所をすっかり拭いて、(之は勿論自分が最後の使用者なる事を見破られぬ為である)側にねて居る要之助の右手に握らせる。藤次郎は要之助が左利でない事を知っている。之は全然眠っている所をやらないで、ゆすぶりおこし

為何購買匕首，理由他曾經跟要之助解釋過。當然這根本就是胡扯。只要向老家的朋友調查下，謊言即刻便會被戳穿。然而這個謊他只向要之助撒過。要之助被做掉的話，在被調查時，他只要再編造些其他的理由即可。購買鎮紙的理由也與此相同。

為了證明兩人曾在電影院觀看過劍鬥片，他特別留心地帶回兩張電影廣告。同時，為了有確鑿的證據證明兩人當晚確實在電影館待過，他將幾部劍鬥片的場景與情節都記憶下來，了然於胸。甚至，哪部片子何時放映，何時結束都對着時鐘進行了調查。這最後的小計謀其實甚為拙劣，讀者們立刻便能覺察到。

就寢時，他將匕首放入近旁的櫥櫃中，並故意將櫃門打開。這些當然都必須讓要之助看得真切。

深夜，差不多兩點左右，他會起來，然後，取出匕首。接着會在自己咽喉部輕輕地割兩刀，然後將手柄部位擦拭乾淨(這自然是為了不被發現自己是最後使用匕首之人)，再將匕首塞到睡在旁邊的要之助的右手中。藤次郎知道要之助不是左撇子。這不能在其熟睡的時候進行，要將要之助搖醒，趁其還處於恍恍惚惚時這麼幹，反而更易得手。

て要之助がねぼけまなこでいる時の方が却ってうまく行くであろう。

そうして要之助が握ったとき、機を失わず鉄の文鎮で一撃にそのみけんを割るのだ。

勝負は一瞬の間だ。要之助は直ちに死ぬにきまっている。つづいて彼はいかにも争っているような悲鳴をあげる。要之助の死体の位置を適宜の所におく。斯くて彼は完全に殺人を行う事が出来、所罰を免るるを得るのだ。

彼の申立は頗る簡単に行く筈である。彼は係官に対し次の如くいうつもりである。

「私ハ夜中ニ何ダカ咽喉ニ冷リトシタモノヲ感ジマシタ。ツヅイテ刺スヨウナ痛ミヲオボエマシタノデハット思ッテ目ヲ開クト要之助ガ悪鬼ノヨウナ相ヲシテ白イ光ルモノヲモッテ私ニ馬乗リニナッテイマス。部屋ニハ電気ガツイテ居マスカラハッキリワカリマス。私ハ次ノ瞬間ニ殺サレルト思イマシタ。身体ハ押エラレテ動ケマセヌ。勿論逃ゲルヒマハアリマセヌ。思ワズ右手ヲノバスト手ニ何カ堅イ物ガサワッタノデ夢中デ要之助ノ顔ヲナグリツケマスト彼ハ『アッ』ト云ッテ倒レマシタ。私ハソレデ直グ人々ヲ呼ンダノデアリマス」

検事が果してこの言を信じるだろうか、無論信じないわけはない。あとは主人其の他が要之助の平素に就いて述べてくれるであろう。

実に素ばらしい企てである、と藤次郎は考えた。そう

在要之助握住匕首之時，不失時機地用鐵鎮紙照着他眉心狠狠地給他一下子。

成敗就在一瞬之間。要之助肯定即刻便一命嗚呼了。接下去他會裝出搏鬥異常激烈的樣子發出慘叫。再將要之助的屍體放到適當的地方。如此這般他便可實施所謂完美謀殺，而逃避司法制裁。

對他的偵訊應該不很煩瑣。他盤算着對負責案件的警官進行如下的陳述：

「半夜裡我感覺有甚麼冰冷的東西觸到了脖子這兒。接着就感到被扎般的刺痛，我驚愕萬分，睜眼一看，要之助如同惡鬼般兇神惡煞，手執泛着白光之物，騎在了我身上。屋裡亮着電燈因此看得十分真切。我覺得下一秒即小命難保，而身體被死死壓住無法動彈，根本沒有逃脫的時間，於是本能地伸出右手，抓到個硬傢伙，便拚了命朝要之助臉上擊打過去。只聽他『啊』的一聲倒了下去。我立刻呼叫了人來。」

檢察官會否相信這樣的陳述呢？自然不會不信。剩下的事情嘛，店主以及其他人會告知要之助平日裡的言行的吧。

絕對是個無懈可擊、完美無瑕的計劃，藤次郎這麼想着，

して思わず微笑した。

愈々寝につく時が来た。藤次郎は予定通り短刀を要之助の目の前で戸棚にしまった。あとはもうねるばかりである。

要之助は美しい横顔を見せてすぐに眠りにおちたらしい。藤次郎はつくづくと其の顔に見入った。自然が男性の肉体に与えた美しい巧みである。然し藤次郎には同性の美しさに好意をもつことは断じて出来なかった。彼は今更、要之助の顔を呪った。

十二時半になり一時頃になった。時は正に真夜半頃になろうとしている。然しまだ何となくあたりが落ち付かぬようだ。

藤次郎は、健康な肉体が必然に伴って来る烈しい睡魔と戦わねばならなかった。

彼ははじめ余りに緊張したせいか、二時頃に至ってますます甚しくつかれはじめた。

藤次郎はいつともなしにとろとろしかかった。

と、彼は不思議な夢に襲われはじめた。

要之助がいつの間にか立っている。見るとその片手にはきらりと閃く物を持っている。あっと思う間に、要之助が、彼の側によって来た。次の瞬間に要之助の顔が、映画の大写しのように彼の顔の前に迫った。

とたんに彼は咽喉の所にひやりと冷い物がふれたと感じた。彼は叫ぼうとした。夢ではない！とぴりっとした刹那、たとえようのない焼けるような痛みを咽喉のまわりに

不由得露出了微笑。

差不多要到就寢時刻了。藤次郎按計劃當着要之助的面將匕首放入了櫥櫃。接下去，只要睡下便行了。

要之助展示着其俊朗的側臉，看上去很快便進入了夢鄉。藤次郎全神貫注地端詳着他的臉，有點看呆了。此乃造物主賦予男性肉體的俊美與精巧。然而，對於同性之美，藤次郎斷然拒絕接受。他比之前更惡毒地詛咒起要之助的長相來。

過了十二點半差不多一點左右。時間正要到夜半時分。然而，周圍卻依舊莫名地惶惶不安。

藤次郎體格健壯，與之相伴的必然是睡魔猛烈的侵襲，他拚命抵禦着睡意。

許是最初內心緊張之故，到了兩點左右他開始越發感到強烈的疲勞感。

跟平常一樣，藤次郎開始有點昏昏欲睡了。

漸漸地，他走進了匪夷所思的夢境。

不知何時要之助站立了起來，一隻手中攥着把散發着寒光的東西。說時遲那時快，要之助閃到他身邊。下一秒，要之助的臉就如同電影中的特寫鏡頭般迫近至他的臉前。

一瞬間他的咽喉部有冰冷之物觸碰，感到寒森森的。他試圖呼喊。這不是甚麼夢境！感受到針扎般刺痛的剎那間，他咽喉周圍有種無法比擬的，具有燒灼感的疼痛擴散開來。

感じると同時に、藤次郎の意識は永遠に失われてしまったのである。

要之助は其の夜のうちに捕縛された。

彼は然し警察官に対して、全然自分には藤次郎を殺したおぼえはないと主張した。

検事の前に於いても無論その主張を維持した。彼は、若し彼が藤次郎を殺したとすればそれは全く睡眠中の行動である。自分は今まで夢遊病の発作に屡々おそわれたことがある。殊に国にいた頃には、父親の頭をまきざっ棒で殴りつけたこともあったと述べた。

Ｎ亭の主人は其の主張を裏書きした。

用いた短刀と傍にあった文鎮とは、然し、Ｎ亭の主人の知らぬ物であった。のみならず斯る危険な物はあの部屋にはなかったと思う、と主人は述べた。

けれども、浅草の商人達は要之助にとって幸にも売った相手をおぼえていた。短刀も文鎮も其の前夜、要之助と一緒に来た男に売ったことをはっきりと述べた。そうして被害者の写真を見るに及んで二人の商人は買手を確認した。

兇器の出所、買手、及びそれがその場に在った理由は明かにされた。

要之助が、被害者とその前夜映画を見たことは、要之助の詳しい陳述其の他プロ等によって認められた。而も十分に殺伐な映画を見たことが明かになった。要之助は、藤次郎がもしその予定の犯罪を行ったならば述べたであろう

在此同時，藤次郎永久地失去了意識。

要之助在當晚即被抓捕了。

然而他對警官表示，自己根本沒有殺害過藤次郎。

在檢察官面前，他自然依舊堅持了自己的主張。他申辯，若是自己殺害了藤次郎，那完全是在入睡狀態下的行為。以前也時常發生因夢遊症突發異常之事。尤其是在老家時，曾發生過用柴火棍毆打父親頭部的事情。

N亭店主為他的陳述做了證明。

所使用的匕首和一旁的鎮紙均為N亭店主並不知曉之物。不僅如此，店主還證實，那個房間裡是不會放置如此具有危害性的東西的。

對要之助來說比較幸運的是，淺草的商販們倒還記得商品的售出對象。他們很肯定地回答，匕首和鎮紙都是在前一天夜晚，出售給了與要之助同來的男子。給兩位商販出示了被害者的照片後，均確認其正是購買者。

兇器的來由、購買者，以及為何會出現在現場的理由都被弄清楚了。

要之助與被害者在前一天晚上看過電影之事，經過要之助的陳述與電影廣告等被確認了，而且很顯然觀看的是相當殘暴的電影。要之助極為詳細地講述了那晚看過的電影，其詳盡之程度，便如同藤次郎若實施了其所計劃的犯罪後會講

位に、詳細にその夜見た映画について陳述をなしたのであった。

無論、彼の犯行当時の精神状態は専門家の鑑定に附せられた。その結果は要之助の陳述の通り、彼の殺人は全く無意識行動なることを推定せらるるに至った。

予審判事は事件を公判に移すべきものにあらずと認めた。要之助は遂に釈放せられたのである。

事件はただ之だけである。

然し、果して要之助は夢遊病の発作で藤次郎を殺したのであろうか。それ以外には考えることは出来ぬだろうか。

鑑定は無論慎重にされたであろう。

けれどそれは絶対に真実を掴み得るものだろうか。誤ることはないだろうか。

又、仮りに之を殺人事件とすると、検事も判事も、その動機を説明することが非常に困難だったに違いない。彼等は法律家であり司直の職に在るが故に、此の場合、殺人の動機を求めて而して説明しなければならない。

× × × ×

医者でもなく、又法律家でもない人々は、必ずしも此の鑑定を絶対に信頼する必要もなく、又動機を確実に証明する必要もない。

要之助は全く睡眠中に藤次郎を殺したのだろうか。

述的一樣。

不用說，他在犯案時的精神狀態均由專家進行了鑒定。其結果與要之助的陳述相同，由此被推定為，其犯案時的行為完全是無意識的。

預審法官認定本案無須進行公判。要之助遂被釋放。

案件其實並不複雜。

然而，要之助果真是因夢遊症的突發而將藤次郎殺害的嗎？難道不存在其他可能性嗎？

當然鑒定是在相當謹慎的情況下進行的。

然而這就必定掌握了真實情況嗎？就不會出現誤判？

再者，假設本案為謀殺案，檢察官也好法官也好，肯定非常難以解釋本案的犯罪動機。這些人作為法律專家，作為司職於法律之人，此種情況，一定會追尋其謀殺動機並進行解釋。

× × × ×

而既非醫者又非法律專家者，沒必要對此鑒定結果持絕對信賴的態度，同時也沒必要確鑿證明其犯罪動機。

要之助一定是在入睡狀態下殺害藤次郎的嗎？

　彼に、殺人の動機は認められないだろうか。例えば、仮りに要之助が……いや、之以上は読者の自由な想像に任せておく方が正しいかも知れない。

從他身上，無法找到犯罪動機？舉個例子，假設要之助……好了，或許還是應該讓讀者發揮自由想像為妙吧。

出身顯赫的法曹界推理小説家
——浜尾四郎與《夢魘魔殺》

浜尾四郎於1896年4月出生於東京，是醫學博士、男爵加藤照呂的四子（祖父加藤弘之乃原東京大學校長、貴族院議員）。後考入東京帝國大學法學部。在校時，與原東京大學校長、文部大臣、當時的樞密院議長、子爵浜尾新之女成婚並入贅。大學畢業後，浜尾四郎世襲冊封為子爵，並進入東京地方法院擔任檢察官。此時，年輕的浜尾四郎已經在犯罪學、戲劇學方面發表了多部著作。五年後，浜尾辭去檢察官職務，成為一名開業律師，後亦當選為貴族院議員。

類似浜尾四郎般顯赫的出身，在日本推理小説家中可説是絕無僅有的。然而，令人扼腕歎息的是，浜尾四郎英年早逝，年僅四十即因突發腦溢血而溘然長逝。

浜尾四郎活躍在推理文壇的時日算來僅有六年左右，長短篇加在一起不過二十篇。然而，出身名門的浜尾四郎以自身淵博且扎實的法律知識為主線所創作的推理小説，在推理小説界始終享有盛譽，是不容忽視的存在。

受當時在《新青年》編輯部工作的橫溝正史之邀，浜尾四郎在 1929 年發表了《他是真兇？》，正式開始了推理小說的創作。這一年浜尾 32 歲，正值其辭去檢察官的職務，律師事務所開業後不久的時期。橫溝正史與浜尾四郎素不相識，也並未讀過其文章，引領浜尾四郎走上文壇的要歸功於小酒井不木。據說正是因為小酒井向橫溝極力舉薦了浜尾，加上浜尾四郎顯赫的出身與社會地位或能為當時並不為文壇所重視的推理小說「正名」，橫溝正史夜訪浜尾四郎宅邸後，才促成了這位推理名家的誕生。

值得一提的是，日本戰前推理小說作家發表處女作的時期基本都在 30 歲前後，且大多在此之前均有較豐富的工作經歷或專業背景。浜尾四郎在隨筆《以偵探小說為中心》中，如此分析道：「正如江户川亂步先生自身敘述的那樣，有各種各樣職業經歷是成為偵探小說家的最佳條件。亂步先生首次發表作品是在 30 歲前後。甲賀三郎、大下宇陀兒兩位是工學學士，亦是在 30 歲以後開始寫偵探小說。已故的小酒井不木先生是醫學博士，同樣是在 30 歲以後開始寫偵探小說的。作為排在最末尾的作家，大家如果允許我聊聊自己的事兒的話，那麼作為最末等最不稱職的法學學士，我發表偵探小說處女作是在 32 歲上。這些情況說明了甚麼呢。說明偵探小說家需具有特殊的頭腦與一定程度的知識，而且某種程度上要有觀察社會的經歷。」著名推理小說評論家、研究家權田萬治對浜尾四郎的處女作的評價是：「無論從小說的技術，還是作品整體反映出的深邃的人生經歷來說，毫無稚嫩感，是所謂成年人的偵探小說。」由此可以看出，描寫案件、事件的偵探推理小說，讀者關注更多的可能是犯罪手法的設計與破解等表象，然而作為小說家，着墨更濃更多、刻畫更深更細的可能是我們所生存的社會，以及我們周邊人物本身所具有的深邃內涵。這可能是推理小說在破解案件細節背後所具有的魅力之一，而對於這種魅力的詮釋與讀解，不僅需要作者具有較廣較深的社會群體意識，同時也需要讀者具備透過表象深刻理解的能力。

作為投身法曹界的推理小說家，浜尾四郎的小說多以法律知識為創作背景。不僅如此，小說的主題往往圍繞「法律裁定的界限」，簡單來說即對法律條文的漏洞進行深入的探討，引人深思。在戰前推理小說群中獨放異彩，口碑極高。

《夢魘魔殺》發表於 1929 年 10 月的《新青年》雜誌。故事的構架跟浜尾四郎其他的短篇，比如前述的處女作《他是真兇？》以及《惡魔的弟子》《誰殺了他》《黃昏之告白》等均有相似之處，即通過人物之間的「三角關係」引發類似於復仇劇般的兇殺案。再加上浜尾四郎善於運用自己擅長的法律知識，使得其筆下的故事邏輯性相當強，同時人物塑造冷靜理性，並不一味追求事件的獵奇感。

《夢魘魔殺》所描寫的是如何利用夢遊症患者在睡夢中實施兇殺，並通過法律所規定的正當防衛來躲避審判的故事。浜尾四郎對當時法律條文中是否應判斷為正當防衛的部分進行了深入解讀，同時也分析了個中難以判別的可能性。整個故事峰迴路轉，結局出人意料，並帶給讀者一定的法律知識與思考，是一篇極具浜尾四郎獨特風格的推理作品，堪稱其早期的佳作之一。

作者簡介

江戶川亂步

1894—1965，本名平井太郎，被譽為「日本推理小說之父」，其創作生涯活躍於日本大正至昭和間。江戶川亂步既是日本推理文學的開創者，也是其中本格派的開創者，作品兼長於本格派與變格派，尤其變格派作品具有很強的文學性，成為日本推理文學一大特色。他於 1954 年設立「江戶川亂步賞」。與松本清張、橫溝正史並稱日本推理文學三大高峰。

甲賀三郎

1893—1945，日本小說家。作為本格派推理作家，與江戶川亂步一同活躍在創作推理小說的黎明期，被視為戰前偵探小說三大巨星之一。

谷崎潤一郎

1886—1965，日本著名小說家，曾獲得諾貝爾文學獎的提名。代表作有長篇小說《春琴抄》《細雪》，日本文學界推崇其為經典的唯美派大師。

浜尾四郎

1896—1935，日本著名推理小說作家，同時是律師及貴族院議員。

譯者簡介

錢曉波

東華大學外國語學院日語系副教授，日本近現代研究中心副主任，主要研究方向為日本近現代文學、中日比較文學。著有《中日新感覺派文學的比較研究——保爾．穆杭、橫光利一、劉吶鷗和穆時英》、編有《谷崎潤一郎 中國體驗與敘事之力》等專著。譯有《戰時上海》(合譯)《日漢對照．江戶川亂步短篇小說選》等譯著。

責任編輯　　梅　林
書籍設計　　彭若東
責任校對　　江蓉甬
排　　版　　周　榮
印　　務　　馮政光

書　　名　　日本短篇推理小説選(日漢對照有聲版)
作　　者　　江戶川亂步、甲賀三郎、谷崎潤一郎、浜尾四郎
譯　　者　　錢曉波
出　　版　　香港中和出版有限公司
Hong Kong Open Page Publishing Co., Ltd.
香港北角英皇道 499 號北角工業大廈 18 樓
http://www.hkopenpage.com
http://www.facebook.com/hkopenpage
http://weibo.com/hkopenpage
Email: info@hkopenpage.com
香港發行　　香港聯合書刊物流有限公司
香港新界荃灣德士古道 220-248 號荃灣工業中心 16 樓
印　　刷　　深圳市德信美印刷有限公司
深圳市龍崗區南灣街道聯創科技園二期 20 棟 1 樓 2 號門
版　　次　　2022 年 5 月香港第 1 版第 1 次印刷
2024 年 5 月第 2 次印刷
規　　格　　32 開 (128mm×188mm) 280 面
國際書號　　ISBN 978-988-8812-00-4